JN328999

愛川弘
笠置英昭
金山嘉城
暮安翠
紺野夏子
山崎文男
和田信子

勝又浩［解説］

現代作家代表作選集 第5集

鼎書房

目次

孤独

愛川弘

この駅は、いつも静かである。客があまり利用しない駅だからだろう。

改札口は地上にあるが、ここはれっきとした地下鉄の駅である。電車が駅に近づくと地下から轟音が湧き起こり地下道を押し上げるように強風が吹きつけてくる。駅の時計が大きく揺すられぎくぎくと音を立てる。

駅員は一人きり、市役所を数年前に定年を迎え、遊んでいたところ是非と頼まれ嘱託ではあったが勤める事となった。会社も合理化で定年退職後の元気な老人を使っているのである。

この駅を利用する乗降客は決まったお客だけで、滅多に駅員の知らないお客は利用せず従って客数も少ない。それでも自動改札機と自動券売機が二基宛据えられている。殆どの客は自動改札機を通るが、中には改札機を通さず定期券をひらひらさせながら老駅員の前を通っていく若者もみかける。老人は目が悪くなってきているので、定期券の券面文字までなかなかみとれない。それをひらひらさせるのだから、とても見分けることが出来ないのである。

髪の毛を赤茶に染めた若者はそれを知って踊るような、あざけるような恰好で老駅員の前を通ってゆく。その都度老駅員は悔しがり大声で呼びつけようかと何度思ったか。だが、その度に思い止どまることにした。

老駅員がこの駅に勤務するについて教習所で一箇月の研修を受けた。その時、教官からお客とは出来るだけトラブルを起こさないようにと、きつく言われていたからである。

この駅の利用者の少ないわけは、駅を出たところにＪＲの高架が並行にあり少し西に出るとＪＲの大きな駅もあった。その付近一帯は賑やかで、多くの乗降客はそのＪＲの駅を利用している。

それだけに利用者も少ないのである。会社としては、この駅を閉めたいのだが、この駅を利用する僅かな乗降客が閉めることに反対し、会社も閉めることが出来ず、それならと退職者を駅員に使っているのである。

駅の前は広い道路になっている。その広い道を挟んで先程も述べたようにＪＲの高架が並行に走っていた。高架線の下には昔からのいろんな店屋が入っていて、広い道路より高架線の下を歩く人の方が多い。その高架下の一軒にかしわの卸をしている店があった。

駅員は、そのかしわ屋にとても興味があった。自分が幼い頃、隣にかしわ屋があり、朝早くから鶏の鳴き声を聞いて起こされた経験があったからで、その思い出は不快と言うよりとても懐かしいものであった。

かしわになる鶏は、竹籠に入れられて隣の裏庭に置かれていた。平たい籠なので何十羽と入れられている。鶏達は動くことすら出来ない程詰め込まれていた。それが朝になると鶏独特の鳴き声を発する。かしわにされる鶏の中にも雄鳥がいたからであろう。その声を聞いて幼い私はよく隣との境に在る杉板の節穴から覗いたものである。隣の小父さんは石油罐で湯を沸かし籠から掴み出した鶏の首を捩じる。その時の鳴き声が息詰まるようであった。その後、首に包丁を入れ、たぎる湯の中に浸け毛をむしり取り裸にしていく。それらの様子を杉板の節穴から見ていた私はその恐ろしさを今も忘れないで覚えている。正午前になるとこれらの鶏がかしわとなって裁かれ隣の店先に並べられ私の母なども買いに行ったものであった。この歳になるとなんでもないような昔の事が懐かしくなるもののようであった。そのため、高架下のかしわ屋にとても興味があり、暇なこともあって望見してしまうのだった。今は昔、隣のかしわやがしていたように鶏の首を締め湯の中に浸けて毛をむしり取るような作業はなくなり、道路が暗い早朝にトラックが止まり、既に裸にされた鶏がダンボールの箱に入れられ、その時にはまだ閉まっているかしわやの扉の前に捨てるように置かれトラックは走り去って行く。それから二時間もした頃、通いでやって来た男が扉を開け、ダンボール箱を持って店の中に入って行く。その頃にはその男の他に若い男が二人来ていた。作業衣に着替えるとダンボール箱のなかから裸にされているかしわを取り出し俎の上で裁き始めるのである。隣にあったかしわやと違って鶏の鳴き声も息詰まる声も聞くことはない。彼らの作業は会社員が事務を机のうえですすめていくのと全く同じ感覚であると、老駅員は思った。

かしわを裁いている男は、小柄で頭には一本の髪の毛も見当たらなかった。裸電灯がその男の頭の上で灯っているので、そう見えたのだろう。頭は、その光りを受けて余計に輝いているのが駅務室にいる老駅員の目にも届いた。

男はダンボール箱のなかからナイロン袋を取り出し、既に毛をむしり取られ裸にされた鳥を取り出すと、俎の上へ叩きつけるようにして、暫くその鳥の姿を見て、何事かを考えていた。何を考えているのか、老駅員には分らなかったが、どうやら、どのように調理しようかと考えているらしいことが後で分かった。

男は、両手でその鳥の姿勢でも直すように鳥の肩の部分を左右に揺すり、お腹から尻の方にかけては、真っ直ぐ延ばすようにしごいていたからである。

その時、奥から若い女が盆にカップをのせてその男の前へやって来た。どうやら、そのカップには即席コーヒーが入っているらしいのである。男は無表情で受取りカップの中にスプーンを入れ掻き混ぜながら尚、かしわの姿を見つめているのだった。

この鳥が生きていた時、どのような美しい姿をしていたのだろう、と想像しているかのように老駅員には思えた。


その時、突風が吹きつけてきた。電車が駅に近づいていることを知らす風であった。

駅舎の梁に吊り下げられている時刻表と、時計が軋みながら大きく風で揺れている。その時スカートの下を押さえるようにして女高校生が四、五人階段を昇ってきた。

「ここの駅は嫌いや、いつもスカートめくりするから」

と、一人が大声で言った。すると、他の女高校生達が一斉に笑い出した。

その笑い声に駅員は、自分に無い若さを感じとり、羨ましく思うのだった。

自動改札機に定期券を入れている女生徒達にいつか老駅員は、すみませんねぇ、と謝っていた。

地下からの風は、その後暫くは無い筈であった。老駅員は忘れものをしていたように鳥屋の方を再び見た。鳥屋の男は、コーヒーを飲み終えたのか、俎の隅にカップを置き、鳥の腹を揉みお尻から内臓を引き出す作業を続け、下に置かれているバケツにそれを放り投げている所であった。

すっかりお腹のしぼんだ鳥が、隣で包丁を使っている男の方に押しやられた。どうやら、そこで首と足が切り落とされるようである。処理された物はナイロン袋に入れられていた。

後で分かったことだが、ここのかしわは中華料理に使う必要から腹を割いたり細切れにしたりはしないで出来るだけ姿のまま調理しているようであった。

ポットがピイーピイーと鳴っている。先程ポットに水を注ぎ沸騰にスイッチを入れていたのが沸いたと知らせているのだった。

老駅員は、コーヒーならず番茶を茶こしに入れ、湯飲みにお湯を注ぎ、駅務室に座って茶を飲んだ。

今日も天気は良くない。ＪＲの汚れた高架に小さな羽虫が黒い点々となって群がって飛んでいるのが見える。このように虫が群れをなして飛んでいる時には、よく雨が降った。彼は、駅務室に座っているあいだに、そんな経験も積んでいたのだった。

男がかしわ屋から通りへ出てきた。何をするのかと、見ていると、駅の方に向って体操をし始めた。大きく手を上下に振り、次に腰に手を当て、左右にひねり出した。調理も一段落となったのだろう。奥から声があったのか、男は店の方に向かって手を左右に振って、何事かを断っていた。それでも奥の方から声があったのだろう。男は仕方なく店の中へ入っていった。

この男が、この駅にやって来て電車を利用したことはなかった。三年を越えるこの駅経験の老駅員の知るかぎり、なかったのだ。男は午後になると裏の方から黒塗りの大型のバイクを押してきて、後ろに大きな籠を乗せ、調理されたかしわを積んで何処かへ運び去ってゆく姿を何度となく見ている。男の交通手段はあのバイクなのであろう。

男が頭ごとすっぽりとはまってしまうヘルメットを被り、黒い単靴を履いて大きなバイクに跨り、ちょっと左後方に顔を向け急発進する時の姿は、このヘルメットの中にあの老人の容貌が隠されているとは誰も想像すまいと思われた。

彼は大きなバイクを左右に揺するようにして広い道路を東の方へ消えていく。老駅員よりは、歳がいっているか同年程のこの男にその時だけには若さが漲っているように老駅員には思われるのだった。

男は暫くすると奥から又出てきて、体操の続きを始めた。男は、タバコをくわえていた。くわえタバコのまま両手を上下に動かしている。時々煙が顔の前で広がっていた。

駅員はタバコをのまなかった。若い頃からタバコを好まなかったので、今になってタバコをやめたいと、やめられもしないのに無理な努力を続けている同僚を哀れに思うことがあった。

とうとう雨が降り出して来た。かしわ屋の男は、店に入った。戸口の硝子戸も半分閉められてしまった。閉めないと雨しぶきが店の中まで入るのだろうと思う。奥で鳥の両肩を正しい姿に直し、お腹と両脚を真っ直ぐにして膨らんだお腹を押し肛門から内臓を引きずり出している男を駅員は想像した。その時、老駅員は思った。使われるだけ使われ今ではかしわにされてしまった鳥の哀れさ。老駅員は、頭を振ってその思いを打ち消した。まだまだ自分は若いのだ、と思うことにした。

老駅員は、暫くかしわ屋の方を見ていなかった。

駅舎の壁に貼られている、今年の夏は弱冷房車を走らせます。の張り紙を見ていたからである。その紙に何か不自然さを感じた。何処が不自然なんだろう、とよくよく見ると、今年の夏は、冷房を嫌う方のために弱冷房車を走らせますとある筈なのに、それが冬に書き換えられていたのだった。誰かのいたずらだろう。駅員は、引き出しから紙片を出し、それを切り取り、マジックペンで夏と書いて、いたずら書きの上へ貼った。

こんなに乗降客の少ない駅でさえも、面白がって、いたずらする者がいる。駅員は苦笑せざるを得なかった。

ラッシュ時間が過ぎると、電車の発着が減った。その時間に駅員は一人、ものおもいにふける楽しみを知った。今日も昨日のようにその思い出は変わらず同じ事を繰り返し思い出していた。

その思い出の中に鶏の鳴き声が聞こえた。

そこは老駅員の住んでいる団地のバス停であった。

団地のベランダから鶏の刻を告げる声が、そこまで聞こえたのだ。バス停に立っていた老婆が話し掛けてきた。

「この付近も以前はよく鶏の鳴き声を聞いたものですよ。だけど、今は団地が建ち、田畑が宅地に変わり鶏の声なんて、聞けなくなってしまいました。この鶏の声は素晴らしいです。若い頃、わたしとこでも鶏を沢山飼っていましたので、いまどき、こんなにも長閑な鶏の声が聞かれますと、嬉しいです」

老駅員は、わたしとこの鶏なんですとも言えず只頷いていた昔がなつかしい。

あの時の鶏、まさか百貨店で貰って帰った鶏だとは思われなかっただろうか。

子供が小学校に入った年の五月、百貨店の屋上へ子供を遊びに連れて行った時のことだった。

「お父さん、今日は、森の中へ来たみたいだねぇ」

と、男の子が言った。

「愛鳥週間だからだろう」

と、応えた。

一階に入ったその店内には巣箱が置かれ、小鳥の人形が可愛らしい顔を覗かせていたのだった。そよ風も人工的に流され、子供の言ったように店内は、まるで森だった。

エスカレーターで二階に上がると、そこも森になっていて、小鳥の囀りが聞かれた。

「お父さん、貰ってもよいの？」

男の子はナイロン袋を手に親の顔を見た。女店員が、ナイロン袋に入れたひよこを子供に渡しているのだった。親は、その時困ったと思った。このひよこが育つとは思えなかったからだ。それでも喜んでいる子供の顔を見ると、駄目とも言えず、貰って帰ることを許した。

子供は帰ると、母親に籠と水入れ、餌と、次々と注文をつけ母親は家の中を掻き回してそれらを寄せ集め、子供の希望をいれて飼うことにした。幸い目白籠があったので、それにいれ餌は粟餅にでもと、田舎の母親から送って貰っていた粟を与えた。ひよこはそれが気に入ったのかよく食べた。

子供は寒さにも気をつかい、雨の降る気温の下がる日には電球を入れたり、綿でくるんでやったりして大切に育てた。

息子はひよこ育てに熱心であった。二羽のひよこは寒さにも耐え、梅雨期にも無事に生き延び初夏になって小さな鶏冠を覗かせるまでになった。その頃になって息子は二羽をベランダから花壇の方にまで連れてでるようになった。

二羽の中雛は、花壇の所に停められている自転車のタイヤに嘴を叩きつけ闘う恰好さえあらわし始めた。小さいながら雄の闘争心のようなものが見られるようになった。それでも二羽は息子の行くところへ行くところへついてまわっていた。彼らにすると息子が自分たちの親とでも思っているらしいのだった。ひよこたちはそのうち鶏冠が大きくなり色も赤みが増してくると、朝夕となく力強い刻の声をあげるようになった。そうなると、この鶏を今後どうすべきかと、親たちは迷ってしまった。近所の鳥屋へ持ってゆき、つぶしてもらおうかと、息子に話したことがあった。息子はそんなことを言い出した親を軽蔑の目で睨み、親を非情人間だと罵った。

可愛がっていた鶏をつぶすと言われたことに憤慨したのだろう。それから二度とその事を口にしないことにした。

鶏は、その後発育がどんどん進み、二羽は立派な雄鶏になっていった。大きくなった鶏は果物屋で貰ってきた木箱ではとても飼えなくなっていた。そこでベランダの片方を区切り鶏小屋のようにして飼うことを思いついた。ところが、コンクリートが彼らにとっては、大敵であることを知らなかった。

彼らは二羽とも脚にすりむけが出来、そこから化膿菌が侵入、立っておれなくなって、二羽とも座り込んだままとなってしまった。立てなくなった鶏の脚に、息子は薬を塗り包帯を巻いてやっていた。だが白い包帯もすぐ彼らの糞尿で黒く汚れてしまい、ベランダに異様な臭気さえ立ち込めだした。こうなると近所迷惑を考え、いつまでも飼っておれなくなった。その事を息子に話して諦めさせようとしたのだが、息子はきかず、何処からか砂をバケツで運んできてベランダに撒き二羽が死ぬまで飼ってやるのだと、言い出したのだった。父親は鶏の生きられる日数も僅かだろうと息子の好きにさせておくことにした。

鶏は、両脚が立たなくなっていながらも、力強い刻の声だけは忘れていなかった。

鳴き声だけを聞いていると、お婆さんの言ったように長閑な声と聞こえるのかもしれない。

「あんちゃん、何を見てんだい。あのかしわ屋を見てんのかい」

小さなお婆さんが、改札の所に立って老駅員に話しかけてきたのだった。そこにお婆さんが来ていることすら老駅員は知らず、昔の思い出にふけっていたのだ。

「あの鳥たちもかわいそうなもんだねぇ。卵を生まれるだけ生まされて、生めなくなるとああして肉にされてしまう。自分を見ているようなもんだわねぇ」

と、老婆は言った。

そういえば、お婆さんの首のあたりが、鶏の真っ直ぐにのばされたお腹の皺のように駅員には見えた。

「あんちゃんも、かなりなおとしだろう。わたしとあまり違わないんじゃないの。あんちゃんも、あのかしわなんだよ」

と、言って笑った。

彼は、このお婆さん程ではない、と自分に言いきかせたが、傍から見ればすっかり老人なんだろう、と思ったりした。

「ひやっ、ここはこれだから嫌いなんだ」

先程の老婆が階段の吹きつける風に裾を押さえて、大声を出していた。この歳になっても女なのだ、そのそぶりは若者とかわらない。

かしわ屋の男は、店の奥へ入っているのだろう。今は見えなくなっていた。

やはり、JRの高架に群がっていた虫は雨を呼んだらしい、雨がぽつぽつ降り出してきた。その時、トラックが店の前に停まった。二度目の配達なのだろう。運転手が降り、荷台から手押し車をおろし、ダンボールの荷物を引っ張り出して手押し車に乗せ店の中へ運びこんで行った。

雨が激しくなってきた。運転手は濡れながらも荷物を総て運び終え運転台に登った。その時かしわ屋の男が出てきて受取りのようなものを渡していた。女が出てきた。運転手に何かを渡した。それはナイロン袋に入れたもので運転手は何度も頭を下げトラックは出発した。多分おかずにでもとかしわの肉を貰ったのだろう。トラックが去ると店の中がよく見えた。店の奥は冷蔵庫になっているのだろう。トラックから降ろされた荷物が奥に運びこまれているのが見える。店の中は霧がかかったように煙っていた。冷蔵庫からの冷気が流れ出て、店一杯に広がっているのだろう。と老駅員は思った。

かしわ屋の男が駅員の方を見るようになった。彼の方でもなぜこちらを駅員が見ているのか不思議に思ったのかもしれない。老駅員はなるべく見ないようにしようと、改札機の方を向いて息子が飼っていた鶏のことを思い出すことにつとめた。

ベランダで飼っていた鶏がコンクリートで脚を傷め、息子が砂まで入れて飼っていたが鶏たちは日に日に弱り、赤い鶏冠を振りながら胸を張って刻の声をあげていた猛々しさもいつかなくなってしまっていた。時々情けなくなるような声で鳴くこともあったが、その声も聞かれなくなっていた。

老駅員は痛々しい鶏たちを見るのが嫌で、出来るだけベランダを覗かないようにしていた。それでも、あの刻の声が全く聞かれなくなると、又気にもなって、ある日ベランダを覗いてみた。その時ベランダの中に敷かれた砂が黒く汚れ、その黒色が鶏の白い毛にまとわりついて、丸い泥んこのような固まりが二つ転がっているのを発見した。老駅員はこうなってかなり時間が経っていることを知った。こうなるまでに妻も息子も気付かなかったのだろうか？　否、こうなりだした時から、妻も息子も総てを放り出していたのだろうと、思われた。可愛いときだけを楽しみ、後は覗き見る事さえしなかったことを腹立たしくさえ思えた。その点は自分も同じであったと老駅員も反省した。こうなると、後始末することだけが父親である老駅員の仕事として残されているのだった。

老駅員は花壇にある椿の根方に大きな穴を掘り、二羽の鶏のなきがらを埋めた。

バス停でバスを待っている時、いつも会う老婆が

「この頃、鶏の鳴き声が聞かれなくなりましたわねぇ。つぶされてしまったんでしょうか？」

と、言ったことが思いだされる。

かしわになったのなら、まだよいが、全くのごみになった二羽の鶏を彼は哀れに思い、老婆の呟きには聞えぬ振りをしていた。

「おい、火を貸してくれ」

浮浪者は、この付近には多い。夜になると駅の中にもぐり混んで寝ている者もいた。

どう見てもこの男、この付近で寝転がっている奴に思われて仕方がない。

「わたしはタバコを吸わないので、火はない」と、老駅員は断った。

「タバコを吸わなくてもよいから、火をかしてくれ」

「無いものは貸せない」

「おい、お前、帽子を被って若く見せているが、歳がいってるだろう。帽子を取ってみろ！」

老駅員は知らぬ顔をきめこむことにした。「歯も総入れ歯だろう。がくがくさせてみろよ。頭はつる、歯はがくがく、は、は、は、は」

と、からかった。

「客が通る場所だ、用が無ければ帰れ！」

老駅員の声に力が入った。

男は、駅員を老人とあなどったのだろうが、あまりの大声にこれはあなどれないと分かったのか、こそこそと何処かへ消えて居なくなっていた。

先程のお婆さんが、やって来た。今度は赤の入った派手な服を着ている。

「また来たよ、うちは、この裏なの、近いから何度でも来るわ、あんちゃん、まだかしわ見てるんかい？」

「お婆さん、何処かへ行ってたのと違うの？」

「そうよ、天神さんにお参りしてきたの。早いでしょ。これがわたしの健康法。子供もいないし、つれあいもいないから気楽なもんだわ。あんちゃんもひとりぼっちなんだろう？　だから、かしわを眺めているんだ。は、は、は、は」

ひとりぼっちが、なぜかしわを見なけりゃならんのかと、老駅員は思った。老駅員には、妻もいるし、かつて鶏を飼うことに熱心だった息子も一人いる。だが、妻は息子にかかりきり、息子は大学を出て就職をしているというのに、身の回りのことから、食べることまで総て息子中心に妻は考えている。その点駅員の事については、てんで、気にもかけない。むしろ邪魔っ気なのかもしれない。こう思ってくると、このお婆さんの言っている、ひとりぼっちが当たっているようにも思えるのだった。

「そうだよ。ひとりぼっち。仕事だけが楽しみなんだ」

「そうでしょう。わたしは、ひとの心の中を見抜く力があるのよ。若い時からそうだった。それにしても、男のひとりぼっちはかわいそうだね。はっ、はっ、はっ、はっ」

又もや大声で笑った。

雨は、少し小降りになっていた。

言いたいことを言うだけ言って、いつかお婆さんは、居なくなっていた。

かしわ屋は、一段落ついたのか、店の中に女が一人座っているだけで、男共の姿は無かった。

息子は、今年三十才になった。嫁を貰わなければ、と老駅員は急かすのだが、本人は、急ぐ様子もなく平気であった。妻にしてみれば、いつまでも息子を自分の手元に置いておきたいのだろう。それが息子にして嫁を貰う気にさせないのかもしれない。

そういえば、息子が女友達の話をしたり、女友達と一緒に歩いているところを見かけたことがついぞ無かった。あの歳で女に興味の無い男はいないと思うのだが、息子の場合は、世間の人とは違っているのかもしれない。息子が嫁を貰ったとしても、嫁と妻との仲がどうなってゆくことか、老駅員には関係の無いことである。自分は、やはりあのお婆さんと同じにひとりぼっちになるのだろうかと、思ったりした。

かしわ屋は、硝子戸を締めかけていた。

女が一人座っていたが、その女が店の戸を締めようとしているのだった。まだ、午後二時である。硝子戸が閉まると、鳥類問屋、島本商店と、戸に書かれた文字がはっきり読めた。問屋なので早仕舞いが普通なのだろう。「まだ、かしわを見ているのかい？　もう閉まったじゃないか。あのかしわを調理している男、あれもひとりぼっちなんだ。自分もかしわになるのにね、は、は、は、は」

先程のお婆さんが、また改札の所まで来て、立っていた。今は先ほどの服と違った紺の服を着ている。衣装持ちである。

「これね、お茶の友にと持ってきたんだが、どんなものかね」

と、小皿に入れた物を布巾から取り出した。大豆と昆布を炊いたものである。老駅員はつまようじで豆をつきさして味わった。味は、なかなかのものであった。

「旨いだろう。お婆さんにこんな事をさせると、上手なんだよ。昔は、よく炊き出しをしたもんだわ、その頃から皆に上手だ上手だと言われてよく炊いたもんだわ。こうして炊くとね、近所中に配って回るの、皆は喜んでくれるの、そのお裾分けを駅員さんにもと思って」

「有り難う、とても旨い」

「旨いでしょう。あら、雨があがったわ、今夜、夜店が出る、嬉しい。わたしもよく夜店に来るの、子供と同じなんだ、は、は、は、は、此処からなら夜店がよく見えるわね」

「よく見えるよ」

と、老駅員は言った。

JRの高架に群がって飛んでいた羽虫も、いなくなっていた。

雨がやむと、かしわ屋の前の通りに夜店が並び出した。

あのお婆さんも、子供のように嬉々として夜店を見て回るのだろう。

息子を肩車に乗せ、夜店に行ったことが、ついこの間のように思われた。その息子も、今は、父親を必要としなくなっている。妻も夫を必要としない。やはり、ひとりぼっちなんだなあ。老駅員は、自分の人生をそのように嘆いた。

日が落ちて、夜店に電灯が灯り出した。通りに張巡らされた紐に提灯が下がっている。それにも明かりが入った。

浴衣を着せられた子供たちが、金魚掬いの所で固まっている。ヨーヨー釣りの所では中学生が大声で笑っていた。高架下付近の通りだけは夜店で賑やかであった。その通りをへだててこちらの駅側では、老駅員が一人、賑やかな高架下を楽しそうに見ているだけで、駅から出てくる人も駅へやって来る人も、今は、殆どなかった。

夜店へあのお婆さんが、やって来ていた。赤い派手な服を着ている。金魚掬いの店主に何かを言っている。多分、ひとりぼっちの話をしているのかもしれない。あの賑やかな中で、ひとりぼっちが何人いるだろうか。老駅員は、そんなことを考えて彼らの様子を見ていた。

その時、浴衣を着た女の子を肩車に乗せ、中学生の輪投げを覗いている男が目に入った。その男を以前、何処かで見たことがあった。老駅員は、思い出そうと苦しんだ。このところもの忘れがひどくなった彼は、その男を見ながらどうしても思い出せないでいた。彼の固まってしまった脳みそは、その男を思い出せそうになかった。男がこっちを向いた。提灯の明かりがその男の顔半分を照らし出した。その為、男の陰影がくっきりと見ることが出来た。だが、全く見知らない男の顔であった。その時、老駅員は、裸電灯の下で、かしわの肩を揺すりながら、姿勢を整え、暫くその鶏を見て考えていた男と、今、自分が思い出そうと悩んでいた男の顔が重なることを知った。その男の顔は、肩車で夜店を楽しんでいる幼い女の子の顔とは、かけ離れていた。やはりあの男も血のつながらない子供を背負っている自分を騙しているのでは？　男の夜店を覗いている姿から孤独の寂しさがただよって見えていた。

古庄帯刀覚書

笠置英昭

九重連山が夕焼け雲に映えて、余光が視界を茜色に彩る。見渡すかぎり面々とした山系が、刻々微妙な色の変化を見せながら、ゆるぎない量感を保って、その威容を誇っている。幾百とも知れぬ蜻蛉が、羽を赤く透かしてすいすいと飛んでいた。

じいじいと喧しく鳴きつづけていた蝉の声が、樹海にしずんで広々とした朽網《くたみ》平野の夏の夕暮れである。平野を南北に区切る芒の青い道を、ひとりの若い娘が急ぎ足に歩を運んでいたが、五本杉のあたりまで来たとき、急に胸騒ぎを覚えたらしく、ふと立ち止まった。じいじいとひっきりなしに鳴きつづけていた油蝉の声が、瞬間はたと途絶えて、またふたたび鳴きはじめた。さすがに暑い。胸元までじっとりと汗ばんでいる。女は懐紙を取り出して額の汗をぬぐった。女の名は千代、十七歳、匂うようなむすめ盛りである。

二重まぶたの幾分憂いを含んだような瞳、形よく整った鼻、心もち受け口だが、それがかえって愛嬌を見せている唇。なによりも目につくのは、その透きとおったような青みがかった肌の色である。

豊後国朽網郷の領主・朽網鎮則《しげのり》公の北の方十人の腰元のなかでも、容姿第一と折り紙をつけられているのも当然であった。千代がうしろを振りかえった。なんと今出てきた中須のお屋敷から、騎馬武者を先頭にして、一丁の駕籠が千代に向かって滑るように近づいてきた。数人の家臣がその駕籠を追って走ってくる。千代は走り出そうとしたが、突然足がすくんだ。駕籠は見る見る近づいてくると、騎馬武者が千代の行く手をさえぎって止まり、騎馬から降りて老武士が姿をあらわした。朽網鎮則の家老で「北の方」のお守り役・古庄《ふるしょう》帯刀《たてわき》である。

「千代どの、いずこへ参られるのか?」

「はい、ちょっとそこまで……」

怯えたような千代のすがたに、帯刀は気の毒そうな表情をうかべながら、

「北の方さまの御諚じゃ。早々お屋敷に立ちもどるように……」

「はい」

観念した千代は言われるままに駕籠に身を入れた。ぎっぎっと小さく軋んで駕籠が地を離れた時、しずかに目を閉じた。もはやじたばたしてもどうにも成らなかった。成るようになるより仕方がない、と千代はおもった。同時に北の方の燃えるような瞳の色が、千代の眼前に激しくちらついた。

裏門から入った駕籠は杉木立のあいだを縫って、北の方の居間の庭先へと運ばれた。主鎮則の好みから、広い屋敷内はさまざまに数奇を凝らしてしつらえ、なかでも領内各地から集められた檜の銘木が、鬱蒼と枝葉をひろげて、昼なお森閑としてこんもりとした森をつくっている。お藤の方(北の方)

は、数人の腰元を従えて、暮れ際の庭先に立っていた。黒々とした長い髪、小麦色の肌、そして切れ長の目、女豹をおもわせる精悍な女である。千代は、北の方の前に引きすえられた。北の方は、千代の顔を憎々しげに睨みつけた。

「千代、どこへ行ったのじゃ！」

「……………」

「言えぬであろう、しからば妾がいうてやろう。お館へ行くつもりであろう！」

「いいえ、さようなことは……」

「隠すでない、お館へ行くでなくば、なんで今時分屋敷を抜けだすのじゃ！」

「……………」

「見よ――、そのふてぶてしい顔が……その目が……お殿さまのお心を奪うのじゃ。ええ、憎や、妾というものがありながら、ようも、ようも……」

お藤の目は、妖しい光を帯びはじめ、ことばの調子がしだいにうわずってきた。

「おう――、妾の目を欺くつもりか……。妾に隠しおおせるつもりか……千代、それへなおれ、妾が成敗じゃ！」

というと、お藤は懐剣を抜くと、いきなり千代に突きかかった。千代は本能的に檜の幹に身を避けた。

「千代、覚悟しや！」

ふたたび突きかかろうとするのを、古庄帯刀がさえぎった。

「奥方さま、どうか気をお鎮めくだされ……千代、なにをしている。はよう奥方さまにお詫び申すのじゃ、早う!」

「爺、止めだてするでない、止めだてするなら爺とて容赦はせぬ。千代は妾からお殿さまを奪おうとした女子じゃ。この妾の手で成敗するのじゃ!」

北の方は、帯刀の止める手を振りはらって、またもや千代に追いすがった。その目は憎悪に燃えて、妖しく光った。

「あれえっ!」

千代は悲鳴をあげて、杉の木立のあいだを逃げまわった。追いつ追われつの二人の女の姿は、なにか怪しい獣めいて、暮れ際の淡い光にはげしく入り乱れた。

帯刀はじめ数人の家臣、腰元たちは、このすさまじい女同士の争いになす術もなく、遠巻きにたち騒ぐばかりである。やがて、ひときわ激しい悲鳴とともに、千代がのけぞった。着物がめくれて、雪を欺くばかりの千代の背中の白い肌に、お藤の懐剣の切っ先で斬りつけ、さっと赤い血の筋が走った。

千代はそのまま二、三歩走ったところで、うつ伏せに倒れた。傷口からは見る見る赤い血があふれて、千代の背に不気味な地図を描いていった。

「千代、覚悟!」

北の方は勝ち誇ったように、ふたたび懐剣を振り下ろそうとした。茫然と一部始終これを見ていた、帯刀はじめ家臣たちは反射的に飛びだして、北の方の前に立ちはだかった。

「しばらく、しばらくお待ちを！」

「ええ——、止めだてするな、無礼者め！」

「いいえ、なりませぬ。奥方さま、なにとぞ此の場はこの帯刀にお任せを……」

「ならぬ、この妾がじきじき成敗するのじゃ！」

「奥方さま。ここはお屋敷のなか、不浄の血で汚すことがあってはなりませぬ。お手討ちとあらば、それを妨げるのではございませぬ。この場はなにとぞこの爺にお任せを……」

必死の帯刀のことばに、北の方はやっと怒りを鎮めた。

「では帯刀、その方に任せれば、みごと千代の首を討つと申すのか？」

「御意、かならず首を討ってお届けいたしますほどに……」

「そのことばに二言はあるまいな？　ならば、そちに免じて千代を預けよう」

北の方は、はじめて懐剣を鞘におさめた。

「千代、覚悟はよいな？」

千代は口惜しさと、傷の痛みによる苦痛をかみしめながら、黙ってうずくまっていた。髪は乱れ着物はズタズタに切り裂かれた、あられもない千代のすがたは、肩口から流れだした鮮血に染まって、ふしぎと異様な美しさをかもし出していた。檜の木の間に、しずかに夏の月が中天にかかっていた。

北の方の住む中須の屋敷に、鎮則がすがたを現すのは三日に一日の割であった。その日は儀礼としてでも、鎮則はお藤と褥をともにしたが、夫婦のあいだには冷え冷えとした空気が流れて、すでに会話もなくなっていた。お藤は鎮則の心をひき留めるべく、選りすぐりの美女十人の腰元に、それぞれ美しく着飾らせて侍らせた。鎮則が他の女に心を移すことのないように計算に入れてのことである。

　事実、鎮則はそれらの美女たちに囲まれながら、すこしも心を動かさなかったのである。


　ある夏の夕暮れであった。朽網鎮則は屋敷の庭を散策していた。広々としたこの中須屋敷の庭には、新緑を光らす風にのって、汗を呼ぶような蝉の声が木々に満ちていた。庭をめぐって屋敷の裏手にきた鎮則は、ふと前方の緑陰に白くうごめくものに目を留めて立ち止った。ひとりの腰元が潅木の陰に盥をすえて、行水をしていたのである。

　女は背を向けていたが白い肌が緑を映して、この世のものではないような夢幻的な雰囲気をつくっていた。鎮則は吸いよせられるように、足音を忍ばせて行水の女に近づいていった。女は無心に水を浴びていた。水が肩から背へと流れて盥のなかに落ちるあいだ、白い素肌が木漏れ日の緑を反射して、ふしぎな模様をつくりだす。

　女は自分の裸身をいとおしむように丹念に水を掬っては肌に流していた。鎮則は女から数歩離れた木陰に身を忍ばせて、息を殺してそれを見ていた。やがて行水を終わって一糸まとわぬ女の裸身が、ゆっくり盥のなかに立ったとき、思わず鎮則は熱い吐息をもらした。しかし次の瞬間、女が木の枝にかけてあった着物のそばにいき、着物に手をかけたとき、突然鎮則は、夢幻の世界から現実の世界に引きもどされた。

今まで女の裸身のみ心を奪われて気づかなかったのだが、木の枝にかけられた色模様の女の着物は、生々しく鎮則の目に飛びこんだ。

異様な衝撃だった。それを見たとたん、鎮則の体のなかにはいきなり何かなま温かい戦慄がはしり、呼吸がはずんだ。鎮則は憑かれたもののように、女の前に飛びだした。

「あっ、お殿さま！」

女は色をうしなって呆然と立ちすくんだ。裸身が見る見る赤く染まって、小刻みにふるえた。目の前に飛び出してきた鎮則と、自分の立場とを結びつけて考える暇がなかった。何が起こったのか、なにが起ころうとしているのか……。

「許せ、余は鎮則じゃ！」

鎮則はことばを口にするのももどかしく、いきなり女の裸身を抱くと、草のうえに押したおした。女を愛撫しながら、鎮則は激しい歓喜と興奮にわれを忘れた。鎮則は心のなかで繰り返した。

（これを見ろ、鎮則は不能者ではなかったぞ！）

女は草のうえにくずおれたまま、声を殺して泣いていた。鎮則は興奮から冷めると女のうえにやさしく着物をかけていた。

「余が悪かった、許してくれ。朽網鎮則、そのほうに侘びをいおう……。その方、なんという名じゃ？」

「はい、千代と申しまする」

女は消え入るように小さく答えた。うつ伏した肩が細かくふるえているが、もう泣いてはいなかった。

「館へ参るがよい、悪いようにはせぬ。かならず参れよ」

鎮則は千代のまえに証拠の小柄を置くと、急ぎ足に立ちさった。


北の方の刃を、雪をあざむくその肌に受けて、古庄帯刀の許へ預けられた千代は、床についたまま懊悩の日々を重ねた。

高原の夏はみじかく、秋へと移りかわって、千代の傷はかすかな傷跡を残すまでに回復したが、傷の痛みは癒えても、心の痛みは日を追ってますばかりであった。あれほど確かに摑んだとおもった鎮則の心が、もはや信じられなくなった。地位も名誉も、いや命までと、逢瀬、千代に誓った鎮則だったが、彼女が不幸と知りながら一度として姿を見せず、言伝てさえもしてこなかった。やっぱり自分は鎮則の慰み者でしかなかったのか……それを肯定しなければならぬは、鎮則をひとりの男として信じようとしていただけに、耐え難かった。

千代の心は、いまやズタズタに切り裂かれていた。だが、その空漠とした思いのなかに、なお鎮則を信じようとするかすかな期待も残っていた。古庄帯刀は千代のこうした日常を見るにつけても、千代とは別に苦悩の色が濃くなってきた。妙な縁で千代を預かって日常の世話をしているうちに、六十歳を越したこの老人の心には、ふしぎと明るい灯が点った。好意と呼ぶにはあまりにも複雑であり、ましてや恋と呼ぶにはあまりに清純であった。帯刀には千代が自分の愛娘のように感じられるのであった。だが帯刀の心には、北の方との約束が絶えず重くのしかかっていた。

「千代の首を討て！」

「必ず討ってお届けします」

武士として、そのことばに二言があってはならないし、かといって、この手で千代の首を討つことなど、なんとしてでも出来ないことだった。なにか口実をつくって、日を延ばしているものの、いつまでもこのままの状態がつづけられる訳のものではなかった。

（そう、殿におすがりするのだ！）

切羽詰った帯刀は、最後の望みを鎮則に賭けた。しかし、鎮則の屋敷に伺候して、すべてを賭けて懇願した帯刀に、鎮則は冷たく答えた。

「帯刀、余としても千代を討つのは本意でない。なれど、奥に知られてしまった今となっては、いかんともする手だてはないのじゃ。……余の苦衷を察してくれ、のう帯刀、余は朽網の領主なのじゃ。奥を遠ざけて腰元の千代をとれる道理がないのじゃ。そのことはそなたが一番よく知っているはずだ。奥の後ろには田北家がある。田北家への対面があるのじゃ。のう帯刀、卑怯かも知れぬが、余にはなにも出来ないのだ。千代には済まぬとおもう。しかし、こうなってしまった今では、千代に死んでもらわねばならぬのじゃ。そこのところを帯刀、そちから千代によう言い含めてくれぬか。この鎮則のためにおもうなら、潔く死んでくれ、と」

なんという虫のいい、勝手な言い草なのだろう。帯刀は鎮則のことばを聞きながら、己の歩いてきた六十年の生涯を思いだしていた。自分も千代と何ほどもちがっていないのではないか。茫と過ごした六十年を今にしておもえば、わが生涯は一個の傀儡に過ぎなかった。藤姫は過去を糊塗し、前主田北大和守の体面を保たせるための、体のいい生け贄でしかなかった己である。

「失礼つかまつりました……」

うめくようなことばを吐くと、帯刀はあっけにとられている鎮則を置いて、御前を下がった。おのれの苦衷を千代に告げるべきか、それとも黙って千代を逃がすべきか。古庄帯刀は思い迷った。だが、千代に自分の立場を弁明し、たとえ分かってもらったところで、千代にとって、それだからと言っていまさらどうしようもないことであるし、千代をこっそり逃がしてしまえば、藤姫のお守り役としての帯刀の地位は失われる。

しかし、そうかといって、あきらかに権力の得たいが知れない魔力を悟ってしまった今、罪のない千代の首を討って北の方の前に差しだすことは、帯刀の良心が許さなかった。重い足を引きずるようにして、わが家へたどり着いた古庄帯刀は、部屋に閉じこもったきり姿を見せなかった。

一方藤姫の父・田北大和守紹鉄の身に、一大事件が起こっていた。かねてから紹鉄の累進に不満をもっていた国衆の田原紹忍が、

「田北紹鉄は国東郷《くにさき》の田原親貫と相謀り、竜造寺・秋月両家の応援をえて、大友氏滅亡の陰謀を企て

ている」
と、讒言した。天正七（一五七九）年夏のことである。義鎮入道宗麟は、紹鉄を深く信頼していただけに、これを聞いて大いに怒り、さっそく長子・義統に命じて田北紹鉄追討の兵を挙げた。寝耳に水の出来事におどろいた紹鉄は、すぐ宗麟のもとに使者を送り、自分に二心のないことを釈明したが、宗麟は耳をかさなかった。紹鉄は仕方なく家臣とともに、夜陰に乗じて竹田へ落ちのび、熊群山に籠もったが、すぐ一万五千の大友の追討軍に攻められた。義統は父宗麟の命でやむなく兵を進めているものの、紹忍を信頼せず、内心では深く紹鉄に同情していたので、表面では兵を動かして攻撃しながらも、密かに使者を送って、すみやかに熊群山を落ちて他国へ逃れ、宗麟の怒りの解ける日を待つように伝えた。田北紹鉄は義統の厚意に感涙し、五十三人の近親者とともに肥後に落ちのびた。

その知らせはすぐ古庄帯刀の許へ届いた。まさか田北家に、そのような危難が降りかかろうなどとは、帯刀にはどうしても首肯することのできぬ怪奇な出来事だった。

一徹なこの老人は、深く頭を抱え込んでしまった。

その日の昼下がり、千代は古庄の家人に、行水の湯を沸かして欲しいと頼んだ。肩の傷もすっかり癒えたので、行水をするほどの心境になったかと、家人から千代のようすを伝え聞いた帯刀はおもった。田北家が突然の憂き目にあった今、もはや北の方の権勢も地に落ちたのも同然であった。この重大な危機に直面した今となって、一腰元千代の命のごときは考慮の外であるにちがいなかった。帯刀はそれを思うとほっとした。

千代の不幸も行水の水とともに洗い流したほうがよい。つい先日まで、千代の処置について思い惑ったことがまるで嘘のようであった。そして、いまや危難は立場を変えて帯刀自身の身の上に降りかかってきた。藤姫のお守り役という金箔は簡単に剥げおち、孤独な一老人古庄右馬佐帯刀があるばかりである。そんな思いの帯刀の前へ、千代がすがたを見せた。行水で身を清め髪を梳り、白い着物に身をつつんだ千代は、生来の美貌がひとしお輝きを増して臈長けた美しさを見せていた。

「千代どの、その姿は?」

おどろく帯刀に向かって、千代は言った。

「古庄さま、長いあいだ大変お世話になりました。突然こんなことを申し上げて、驚かれるかも知れませんが、私にはなぜか今日が最後の日という気がいたします。実は今朝がた思いがけなく故郷の両親の夢を見ました。夢のなかで両親がこもごも私に申しますには、これいじょう人さまの家にとどまっていてはご迷惑がかかるであろう、潔く自決せよとのことです。夢で教えられるまでもなく、私自身はやくからそれを考えていました。私はもはや覚悟ができております。先ほど身を清め、かように死に装束をよそって参りました。どうぞ私の首をお討ちください」

意外な千代のことばに、帯刀はびっくりした。日とともに千代の気持ちも収まったものと信じていたし、それに北の方の生家田北家が没落した今日、もはや北の方との約束は反故にひとしい実情だった。もちろん千代に世情の変化は話してなかったけれども、千代の方でもうすうす感づいているのではなかったろうか。

「なにを申される、千代どの。そなたはもはやそのような気持ちを抱かれる要はないのじゃ。北の方とていつまでもお憎しみではありますまい。お忘れなされ、死ぬことをなどお考えなさるな」

「いいえ、そうではございませぬ。殿は私を憎んでおられます。北の方さまのご生家になにか不幸が起こったことは聞き及んでおりまする。なれど、いっそう殿にとってこの千代は邪魔な女……」

「なにを申される、そんなことを……」

「いいえ、千代にはよく判るのでございます。さあ、古庄さま、はよう私の首をお討ちください。でないと、今に使者がわたくしを殺めに参りましょう……」

「この帯刀にそなたの首が討てるなら、なにもいままでお世話などいたさぬ。もし、そなたの言われるのが真なら、この場は逃げてくだされ。そなたはまだ若い、そなたの前途はまだ永いのじゃ。いたずらに命を落とすでない」

「いいえ、それでは古庄さまにご迷惑がかかります。千代はどうせ討たれる身です。おなじ討たれるなら、古庄さま、どうぞその手でお討ちくださいませ、お願いでございます」

「いや、それはならぬ。落ち延びてくだされ。わしには罪のないそなたをうてぬ」

「いいえ、私にはもはや生きる望みはありません。どうぞこの首をお討ちください」

千代は、がんとして帯刀のことばに耳を貸そうとはしなかった。はかない抵抗かも知れぬ、自分一人が死んだからとて、朽網鎮則や北の方が反省するはずのないことは分かっている。いや、むしろ、そうすることは先方の思う壺なのだ。だが今の千代にとって、鎮則への恨みを晴らす方法はなにもなかった。

憎い鎮則、乙女心をむざむざと踏みにじり、自己の保身に汲々としている朽網鎮則、千代はいまこそ死んで恨みを晴らすのだ。鎮則への怨念を死に顔に刻みつけて、あの世から鎮則を呪って呪って呪いとおすのだ。思いつめた女の執念だ、必ず恨みを晴らさずにはおくものか……。千代の決意は固かった。そのうえ、千代は北の方の付け人という古庄帯刀の苦しい立場を知っているだけに、自分の首を帯刀に討たせることが、今の千代にできるせめてものご恩返しでもあるのだった。

「なにとぞ、わたしの首をお討ちくださいませ！」


ところで宗家では、宗麟は出家・隠居して家督を嫡男・義統に譲っていたが、凡庸であった彼はことあるごとに宗麟を頼った。しかし宗麟は、義統を戦国武将として大友家を背負って欲しいと願っていた。そこで宗麟は府内から臼杵の居城に移りすんだ。

これで事実上義統が大友家の当主となった。が、義統ひとりではなにも決められない男であった。そこで義統は、宗麟の代から仕えていた重臣を重用した。前記したように田北大和守紹鉄は肥後で謹慎していたが、これを赦した。もともと田北家は大友一族であるし、義統自身は、紹鉄への讒言は根も葉もないことだと思っていた。

優柔不断な性格の義統が、このとき決断したことは初めてのことであり、近侍している重臣たちよりも、まず驚いたのはほかならぬ宗麟自身であった。

　これで田北家の名誉を回復したのである。

　一方、北の方も謹慎していたが、生家の言われなき謀反の罪が赦されたことを知り、もちまえの気丈な性格が、彼女の千代への嫉妬心がよみがえってきた。お藤は、鎮則が中須の屋敷へ来たとき、執念深く千代の首を討ってくれよと、つよく抗議した。鎮則は田北家の面子をつぶさないよう一大決心を責められた。


　朽網鎮則からの使者として、甲斐左馬介が古庄帯刀の許を訪ねたのは、その日の夕刻であった。やっぱり予期していたとおりであった。帯刀にはつよく言い切っていたものの、千代の心の奥には、もしかすると鎮則が悔悟して……とかすかに繋ぎとめていた淡い期待も、使者の出現によって打ち消されたばかりか、千代の想像はみごとに的中してしまった。

　いまや鎮則の心は完全に千代から離れたばかりか、逆に北の方の方へふかく傾斜してしまっていることを、判然とおもい知らされた。古庄帯刀は、恐ろしいほどみごとに的中した千代の予見を反芻しながら、色を失っていた。

　甲斐左馬介は、千代に会ったことはなかったが、美人という評判のたかいこの腰元に、かねが ね興味を抱いていた。それに今度の事件は家臣たちの間にもひろく噂になっていただけに、この事件の当事者としいうべき千代にたいして、格別に関心をもっていた。

思いがけなく上意討ちの使者を命ぜられた時、左馬介は多少ためらった。憎しみがなくては、なかなか人を斬れるものではない。まして相手は女である。美人だという千代をまえにして、刀をもつ手が鈍ってしまうかもしれない。左馬介はそれを恐れた。そのためには千代という女についての、ここに至った経緯など、事前に調べることが必要だし、できれば憎しみを駆り立てておくことが必要だった。

千代の朋輩の腰元たちに、彼女のことをいろいろ聞きだしてみると、腰元間での千代の評判は非常によく、みな表だって口にしなかったが、ふかく千代に同情していることが察せられた。千代について調べれば調べるほど、左馬介は困惑した。千代はほとんどこれと言って欠点が絶無であった。とても憎むことなど出来はしなかった。

それどころか、二十三歳の若い甲斐左馬介は、千代というまだ見ぬ女にたいして、しだいに憧れさえ思えるようになっていたのである。

そんなおのれの気持ちを制しきれぬまま、左馬介は千代と対面した。うわさに違わず美しく清潔な女であった。まして、白衣を着ている千代のすがたは、左馬介には神々しく感じられた。千代を前にして左馬介は言葉に窮した。とても上意討ちの使者だとは言いだせるものではなかった。

「お殿様よりの使者として、甲斐左馬介、お見舞いに参上つかまつった……」

左馬介は、ついそんな嘘を口にしていた。

「お役目ご苦労に存じます。お戯れを……」

千代にあっさりとうそを見破られて、左馬介はどぎまぎした。それとともに、初めてあったこの美しい女に、このような役目しか対することの出来ぬ自分の立場を、左馬介は悲しくおもった。自分はいったいなんなのか、殿の使者といえば聞こえはいいが、じつは命令のままに人を斬ることを強いられている、まるで道化者のような自分の姿……。左馬介は足が地に着いていない気がした。

「まことは、上意討ちの使者でござる！」

悲痛な面持ちで、左馬介はそのことばを口にして、千代の顔を盗み見た。千代はほとんど動じる色はなかった。左馬介は、なぜかほっとした。もはや役目を口にしてしまえば、自分と千代との間の人間らしいつながりの糸はぷっつり切れて、いやおうなしに処刑者と罪人という異なった立場でものを言い、行動しなければならぬ羽目に立ちいたったのである。なまじ千代が取り乱したそぶりでも見せたなら、かえって左馬介は千代に同情したかも知れない。しかし、千代があまりにも落ち着いていたために、左馬介は千代にたいして感情をさしはさむ余地がなかった。

「お待ちしておりました。さあ、首をお討ちください」

古庄帯刀は、黙って左馬介と千代との問答のようすを見ていた。権力という巨大な轍が、帯刀の心のなかに重くきしみながら回っていた。もう帯刀には口を入れる隙もなかったし、なにか行動を起こそうとする気力もなかった。左馬介は手早く襷をかけ、千代の後ろへ回って、刀を振りあげた。

「いまわの際に、なにか言い残すことはないのか？」

左馬介は非情にいった。もはや先ほどの心の動揺は消えうせて、左馬介は冷酷な処刑者となっていた。

「はい、千代の恨みは口では尽くせませぬ。この体は滅びても、私の恨みは七生消えますまい」

言うなり、千代は懐剣を抜くと、我と我が心臓に突き刺した。さっと鮮血がほとばしり、見る見る千代の胸元を真紅に彩っていく。

「朽網鎮則、女の一念覚えておきや！」

千代はがっくりと前にのめった。その瞬間、左馬介の刀が振り下ろされた。首はくるりと一回転すると、宙を舞って、切り口を下にして草のうえに立った。その血だらけの千代の首は、一瞬にたりと笑ったように見えたが、それは古庄帯刀の目の迷いだったかも知れない。

『その後、二、七日たちて千代女の霊魂は、中須の館に忍び入りて災をなす。お若君を先にして、そのほかのお手廻り衆らも大病となる。病床に伏すものかずをしらず。左近太夫鎮則公おおいに驚きたまひて、早速嵯峨宮神主・吉野帰太夫を中須に召されて、朽網郷十六人の社頭を呼び集め、お祈念をとり行ひたまえども、そのなかの霊魂は白犬に化してとび廻る。これにより諸侍は集まりて大刀をぬぎ、毎日毎夜交代にて勤番す……』

羚《かも》羊《しか》

金山嘉城

どこまで自動車で登れるのか。もしこの林道の先の細いところで行手を雪でふさがれたら、そこからバックで下らなくてはならない。この道をバックで下るのは困るな。

どうにか山麓をめぐる林道と交差する地点にたどりつくことができた。ここから先は無理に決っている。山麓みちの曲るあたりに雪が見える。雪の少し傾むいた表面が褐色に見えるのは枯枝が覆っているせいなのだろうか。

横を他の車が通過できるように山側に寄せて止める。

「あまりさがると、そこからは溝ですよ」

先に降りて、自動車を誘導している妻の声がする。

枯枝や枯葉、それに杉の小さな松笠のような実が散乱している林道を積った雪をよけながら登り始める。

暖かな日差しが、木々の跡切れた斜面の上に降りそそいで、そこの雪は、ひときは白く輝いて見える。長靴が時々は雪に取られて、すっぽりと臑までめり込むことがある。雪の表面はまだ凍っていて、沈まないと思って歩いていると不意打ちをくらうのである。随分雪が深くなってきていて、山側から伸びた雪がそのまま道をふさいでいる所では雪の斜面を横に歩かなければならない。足がすくんで進まない。後から来る妻のために力を入れてふんばり足跡を深くつけて、小またで歩いて行く。木々の幹の周囲だけが円形に雪が消えていて、なんだか幹の体温が、その雪を解かしているように思えてくる。

よく厳寒の冬を戦い抜いて、それでもにくいはずの相手を、このようにやんわりと包むように融かして、無表情に木々は立っているのである。その円形の中の枯草の柔らかなぬくもりの色が彼の支配する地点を守り、主張しているようだ。アスファルトがまた現われて、見廻すとその先はどうやら雪道ばかりである。

雪の上にスノーシューを乗せ、長靴の踵のあたりをその紐で結ぶ。幾分スノーシューの先の方が上向きになっているから、左足に支点をうつすと、よろけそうになる。ちゃんと水平に雪の上に置いて足を乗せなくてはならぬ。

歩き出すと思いの外、軽るくて、雪面を早く進んでゆける。少しは沈むが、それはすぐに慣れる。

「どうかね、このスノーシューの跡を踏んだ方が歩きやすかないかね」

「ほらあそこ、蕗の薹が」

緑の葉が暗い褐色の土の間に明るい新鮮な色をのぞかせている、近よらなくても蕗の薹の香が匂ってくる気がする。

「これくらいの坂道なら登れるが、登山道をこれをつけて登ると大変だろうな」

足音がしないので声をかけて振り向くと、やはり妻は蕗の薹を取っている。

どこかで鳥の短い囀りがして、短く聞えて、また啼いた。静寂が広がる。全ての音が消えてその中に私も吸収されてしまいそうだ。

足音がし始めたので、私に戻った私はゆっくりと歩き始める。

「今年はまだ鶯の声を聞いていないわね」

兎の足跡が幾つか並んだ楽譜のように、楽しそうに続いている。ここで立ち止って、周囲を警戒してそしてここからまた跳ね始めている。他の動物の犬の足跡に似た小型の掌のような跡は、何という動物のものだか分らない。道に沿って入り乱れるように続いている。

「これ羚羊の足跡」

山側から一直線に、鋭い荒けずりの鑿の跡のような足跡が泥の茶色をつけて雪面に深く刻み込まれてある。急な崖を少しの躊躇を見せずに垂直に降りて来て道を横切り、そのまま谷側の崖を降りて行く、その歩幅を見ると等間隔で、どこにも気にかけたような跡が見られない。その崖の雪の断面は幾層にも分かれている。灰色の層がある。黒に近い薄い層がある。真白な歪んだ層が表面にまで続いている。

深い二つの蹄の跡はどこか清楚で、近寄りがたく、スノーシューの人工的な無粋な跡で踏むのがはばかられる。

「まっすぐだな、何のとまどいもない」

「この足跡からは、まるでどこを見ているのか分らないような、ぼんやりとした目付きで、私の方を見て、しばらく見合っていた、ちょっと、やぼくさい、あの羚羊のものとは思えないわね」

妻は以前近くの山道で出合った羚羊のとぼけた毛むくじゃらの顔のことを言っているのだ。それは随分長い多分一分間ぐらいの時間だった。私も横で見ていた。

こんなにいい天気なのに心がすっきり晴れないのは、この間受けた人間ドックで便の中に血が混っていると言われたからだ。一度大腸の検査を受けなければならないな、と思うと、それが億劫だ。さらにその先に出血の原因が、悪いものであったらやっかいだな、とそこの所は詳細には突っ込んで考えないことにしている。

杉の折れた太い幹が道を塞いでいる、割れた面の中心部は褐色の毒々しい色で、裂けた瞬間のすさまじい音の響きをそこに刻印してあたりを震撼させているが、褐色の周囲の灰白色の木肌はそれをなだめるように穏やかだ。

杉の濃い緑と雪のとり合わせは、どこか互いが互いにいどんでいるような強烈な印象を与える。杉の葉の揮発性の臭気が幹のむき出しの嗅いと微妙にまじっている。杉の葉をスノーシューの裏の小さな滑り止めの金具がこすってゆく。

道は左に折れて、杉の森を横切るように進んで行く、ゆるやかな登りをゆったりと歩を進める。

杉の梢の青空が少しぼやけて春の光が満ちてきている。杉木立が跡切れると雑木の葉を落した木々が見え始める。木肌から楢か、朴か、欅か、楓か、と思える。

遠い向うに田と家並みが見える。雪はなくて水がはられた所があるのが、光が反射して、鋭く輝く所もある。自動車らしい小型の黄金虫程度に見えるものが思いの外ゆったりと移動している。

確か昨年、殿様道と標識のある細い登山道を登って途中で道に迷って、幾つかの送電線の鉄塔の下を通り、このあたりに出てきたのではなかったか、とあたりを見廻した。

「何かこのあたりに、赤い棒が、立ってたな。そこを登ってきたはずだ」

「この棒のこと」

妻があっけなく細い木の杭の先が赤く塗られてあるのを見付けた。雪の上でその赤が目立ったのである。

だいぶ下のあたりに白い看板が見えて、そこに何か文字が書かれてある。

ここからは読めないが、最初の三文字は多分、殿様道であるはずである。

道の傍には地蔵が幾つも安置されていて、それをたどることでこの道が昔の山越えの道であったことが分る。

とするとこのあたりのどこかにも地蔵があっていいはずだが、と思ってみる。

とするとここいらあたりが今日の山登りの終点でもいいなと考えながら、暖かな日差がちょっと疲れた身体に心地がいい。

「ここまでにするからな。この先は確か谷側に桜並木が続いているが」

「でもここの桜の頃って、まだ雪でしょう、一体誰れが見るんでしょう」

「今年はこれをつけると見に来れるかもしれないね」

「あそこ暖かそうだな、ほらあの上の所、陽あたりがいいし、気持よさそうだ。行ってみるか」

そこは下から見上げるとなだらかな丘になっていて、ほんの二十歩も歩けば頭上につけて、そこから見る視界はとても広々として、全てが鳥瞰図の視点から見渡せそうであった。

妻もついて着た。五歩目ぐらいの所でスノーシューがはずれて、勢おいのついた左足が雪の中に腿まではまった。長靴を引き抜くと靴の根本にごっそりと雪が入った。いい具合に妻が横に来てくれて、肩を借してくれたので、斜めになったスノーシューを横に水平状に置きなおすことができた。長靴の踵に、引懸ける紐がはさまって、手袋の指ではうまく取れない。やっと立ち上がる。

「あれ見て、あれ、あれ動物でしょう。木の根にこけが生えてるのと違うわね」

見上げると全体を薄い茶色の毛に覆われた一、五メートルぐらいのものがそこに気持よさそうに横たわっている、ふんわりと包まれた毛に、陽があたってその先端部分の微細な部分が、光と実に絶妙に混合し合って、透けているのか、動いているのかわからぬ程に、豊に見える。

「何だろう、何だか動きそうだね」

「そうね、近ずくのがこわいわ」

「うん」

妻はそこで止って動かない。すると静寂が一気に周囲を支配し始める。

「生きてるのかな」

少しずつ遠巻きにするように近ずいて行く。

灌木につかまりながら、背部のと言うのはつまり動物からすれば頭の方向らしいのだが、むき出しの方ではなくて、木々のある方に沿って、音を立てないように登って行く。

今にも頭を上げて、跳びかかってきそうで身体はこわばり、脚のあたりがすくんでくる。

伏せた頭のあたりに焦げ茶色のものが見える。

妻の方を振り向くと、動作でしきりに降りてこい、と言っている。

動物を包むように、大きく円弧を描きながら、そこから遠ざかる。いつの間にか額に汗をかいている。

確かめたい心と、跳びかかられそうな恐ろしさとが妙にないまぜになって、近ずいて行けない。

獣はいかにも、今ここで、陽あたりがよいので、ちょっと一休みをしたい。うずくまっていると、眠む気がおそってくる、こんな無防備な丘のむき出しの所で、何の警戒もなしに寝込んでしまっていいのか。しかしこの心地よい眠む気にはもう我慢ができない、うとうとしていると本当に寝てしまった。

こんな満足感のようなものが薄茶の毛の塊り全体にみなぎっている。

「どっかに血かなんかあった?」

「血って、あっそうか、そんなものは見えなかった、とても気持よさそうだった」

「あんな所で寝はしないでしょう、死んでいるのよ」

「うん、そうだろうな。死んでるんだな。けれどゆっくりと起き上って、身体を濡れた犬がゆするようにふるって近づいて来るかもしれない。そんな暖かみが見えた」

林道に戻ってからも、もう一度あそこに登って、じかに動物の毛の部分に触れてみたい気持が、心から離れないのだった。

「あんなに生きているようでなければ、触ってみるのにな、まるであれじゃ寝ているみたいだから、怖いよな。触れられないよな」

「じゃもう一度、戻ってみますか。すぐそこですよ」

アスファルトが雪の下から現われる所で長靴になって、片手でスノーシューを持って、ゆったりと降りて来る。ちょっとした運動が身体に心地よい。

「あれぐらいが丁度いい。登ってた時は、ここが限度かと思ったが、今になってみるともう少し雪の上を歩いてみてもよかったかと思うな」

「一時間半はちょうどいいのよ」

下りだから足元が軽い。少し歩いて、アスファルトの崖の部分の一部が欠けている所に来た。水の流れの音にまじって、何か別の音がする。

「ほら、あれ、蛙じゃないか」

「えっ」

止って耳をすます。

口に水を含んでうがいをする時のような、大きな声を出さずに、小さく声を発しながらうがいをそおっとする時のような、厚みを含んだ、音が、広い範囲から一気に起っている。

「赤蛙？」

「きっと、そうよ。ヤマアカガエルの産卵だわ」

昨年はこの声をこの山の麓にある寺の裏山の池で聞いたのを思い出した。

曲りくねった道を笹をよけながら登って行くと楢のしげみの向うからこんな啼き声が聞こえた。音を立てると一気に声は静寂にかえってしまう。神経質なほど注意をしながら一歩一歩池に近ずく、声は大きくなる。大合唱である。よく見ると池の右側の隅の残雪の上に、殆ど黒に見える小さな生物が、幾十匹もが、そこで跳びはねている。大歓喜のようだ、跳び上がると黒い塊りの伸ばした脚の間に下の所の雪がちらりと見える、踊っている。踊っている。それは喜びの大爆発が、そこで起って、次々に池全体に波及してゆくように思える。そう言えば池でも波紋が起って、次から次に重なり、消え起こり、している。みると黒い薄い寒天をとかした紗のようなものが、池の枯れた葦の群がったあたりに漂っている。幾つも幾つもその黒い薄い紗の塊りが池の中に浮んで見える。

思わず歓喜の歌を口ずさんでしまいそうになる。身体がひとりでに近ずいて行く、とあんなに鳴いていた声が、一瞬に無音に変る。

どこで気配を感ずるのか。風の音がしてくる。仕方がない。池へ降りてみる。長靴が柔らかな池端の地面に三センチはめり込む。漂う黒い卵塊の雲の数を数える。五十センチぐらいの小さなもの。二メートルは超える大きなもの。もっと一面を覆う大きなもの。こんな時に限って風さえ吹かず、池の表面はいたって静かで、全く動かない、木のそよぐ動きさえ止っている。

「あそこだわ」

崖の下に、水田跡らしい水のある広がりが見える。

「跳んでる」

近頃遠視になったらしい妻が、水面を指差している。

「今年は、寺の裏の池ではこの声は聞けなかった」

そのあたりを目をこらしてみると僅かに水紋が見えた。声に引かれて崖に近寄りすぎると、足元の土が崩れそうだ。

寺の池よりは遠いので、鳴き声は空気全体が淡い黒い鳴き声の膜に包まれたように吹いてきて、その空気の音が耳に吸い込まれて鳴き声になる。本当は私の身体の全体でこの音を吸収しているのだろうか。

幸福な気分になってきて、どうしてももっと近くでこの気持を味わいたいと思う。

崖の下れそうな所はないのか。崖には雪はない。羚羊ならこれぐらいの崖一気に、一直線に下りることだろう。

妻が下り始める。こけのはりついた杉の倒木をまたぐ、水分を含んだ地面は柔らかく、不注意にふんばると、滑りそうだ。枯葉のすえた嗅いが一面にたち込め、森を歩く時の深い親しみを感じてしまう。眼の前の枝を摑んで身体をあずけながら足を伸すと、枝がそのつけ根の所で折れた。危くつんのめりそうになりながら隣りの枝をひっつかむ。椿の濃い緑の葉がそこに繁っている。

妻は斜面に立ただずんで、蛙の声を聞いている。少し声が小さくなったようだ。手前の鳴き声がやみ始めている。横に行って並ぶと、その瞬間に全ての声が止ってしまった。

「やっぱり」

なんだか私のたてた音が、鳴き声停止の原因らしく思えて後ろめたい。

もう空は澄んでいてどこまでも青く続いている。


柴犬の五郎は頭が重いのか、首から上を地すれすれに下げて歩いて行く。歩くがすぐに腰がくだけて、尻をついてしまう。また頭を中心に回転して、歩く方向が定まらない。どっちへ行こうとしているか、多分立ち上がる時にはわかっているのだろうが、歩くと首が右に曲っているから、右に回ってしまう。どうしても頭の重さに引きずられてそっちへ身体が曲ってしまう。足元もおぼつかないので、抵抗しようと身体をたてなおすのだが、身体自身が、長年の習慣で右に曲っているから回転が早まるだけである。

しばらく回転しているうちに、どうしたはずみかよろけて、思っていた所にたどりついて水を飲む。水を飲もうとしても、頭は僅かしか上らないから、なかなか届かない。缶を低くそのままの位置で口に入るように変えてやるが、顎ごとのめり込んで、少し飲んだ所で倒れてしまう。両手で身体を支えてやって、水を飲ませると、下顎を水面の中に入れて、舌をその中で波打たせるようにしている。飲めているのか、飲めないのか分らない。

大きなビニールのスポイトを刺し込んで口に入れてやるが、途中で歯の間から水はこぼれてしまう。回転はますますはげしくなって、倒れた所で横にうずくまってしまう。

初めのうちは、脚のつけ根のあたりをもんでやったり、首の垂れるあたりの背側をなでたりした。すると不思議に首が上って、まっすぐ歩く。しかしそれもほんのしばらくで、まるまって寝てしまう。

しかも不安げな目付で、何も見えそうにない。多分白内障をわずらっているらしい。白い透明な瞳で、あたりを見回していたが、鳴声をあげることはない。時には淋しそうな長い鳴き声を上げることもあった。それは聞く者をいたたまれなくするようだった。

しかし近頃は短く怒ったような、小さい鋭い吐息とも吠え声とも言えない声を発するだけである。その回数も非常に少ない。

耐えているのか、と思うが、ただ何かがやって来るのを、ただ待っているのだ。勿論何がやってくるのかは分っていない。しかしそれは確実にやって来ていて、もう近い。この五郎は家にきて十六年目に死んだ。


「まるで五郎みたい」

孫の次男の俊哉が厚い床の絨緞の上で転がった。妻が笑いながら近よって、俊哉を抱き上げる。身体をしならせて伸びをして、抱かれるのを嫌がって、手をすり抜けようとしている。大声をあげた。

五郎が成犬になる少し前、妻の手を振り切って、くぐり戸を抜け、走り去ったことがあった。あの身体をくねらせる弾力の塊りのようだった行動は、そう言えば俊哉に似ていなくもない。あの時は私まで診察の手を止めて、そこいらあたりを捜しに出かけた。

上の広志の方は指をくわえながら恥かしそうに、幾つも食卓の並んだ向うに黒く光っているグランドピアノを目ざして近づいて行っている。近頃ピアノを学んでいるのである。

ちょっと指先で鍵盤の蓋の上を触って走って戻って来た。

オムレツを切って、フォークで形をととのえて、口を持ってゆく。紅茶を啜った。クロワッサンを千切って食べる。

いつもの味だ。しかし孫と一緒ではこのホテルでの静かな豊かなゆったりとした時間は望めない。新聞でこのホテルが今月末で閉店だとの記事を読んで、もう一度あそこで朝のアメリカンブレックファストをとるのもいいな、と思った。

家から車で三十分程の所にある、このホテルには休日の小旅行に出かける朝食には丁度いい距離だったのである。食べ終えて、飛弾の山道を走るのが楽しみであった。

食べに行くので広志をつれて行くと言ったら嫁の美登利も御一緒したい、と言った。

妻はフルーツのパイナップルをフォークで刺して俊哉の口に入れる。次の瞬間口を尖らして、黄色の四角の少し崩れたのを吐き出した。

仕方がないから自分だけの空間に閉じこもることにして、茶漉を茶碗の上にのせて、白い陶器のポットから紅茶を注ぐ。濃い焦茶色の幾分赤を含んだ液体がゆっくりと紅茶茶碗を満してゆく。紅茶の匂いが強く漂ってくる。

病院の大腸検査の予約はしてきた。大きな薬袋の中に、下剤が入っているらしい。水曜日の夜からあの薬を飲んで、木曜日の朝からまた下剤を飲まされてカメラに入るのか、と考えている。そう言えば十年ぐらい前だったか、やったことがある。あの時は全く異状はなかった。しかし今度は出血があったのだそうだから……。

「もう一度、先週のあそこ、あれ羚羊だったよな、見に行きたい」頭を切り返えた。

妻はしばらく答えなかった。

ケーキを広志が食べ終った。口をナプキンで、美登利が拭いてやっている。

「もう行きたい」

広志はロビーの方に駆けて行ってしまった。

「私、美登利さんの車で帰るわ、行ってらっしゃい。広志の筆箱買ってやりたいし」

この間から広志はクモンに行き始めている。筆箱がいる、と言っていた。

「うん確かめないとな」

妻はどうせいつものことだ、と言ったような顔付になった。

赤蛙の声が聞けるかと、林道のこの間崖を下りたあたりで止めて、エンジンをきる。

ああ、終ったのだ。

もう少し行けるかもしれない。轍の跡が雪の上に残っている。軽トラの跡のようだ、私の車の方が車幅が少し広いが、力はある。

左へ大きくカーブして道が拡がるあたりに、できるだけ崖に寄って車を停めた。すぐ先に雪の塊りが道路を塞いでいる。轍の跡もないが、横を車が通過できる程度空けておく。

車が路を塞いでいると、その先を少しでも進みたいのが、山を走る車を運転する人の心理なのが分っているつもりである。

スノーシューを片手に持って、雪の上を歩いて行く。前日よりは雪は随分へっていて、アスファルトの出ている範囲がふえている、雪は柔らかいが、その層は薄いから長靴でも大丈夫である。

この間は気がつかなかったが、ショウジョウバカマのピンクの小さな花が開きはじめている。崖の斜面の中程に放射状に敷かれた緑の葉の中央から茎が伸びてその先にまだ堅そうな花がついている。ほっと息をつきたくなるような色である。

「ここにも」

これだと注意深く見ていれば、先週でも、このあたりで、かすかに土から顔を出し始めたピンクの花の小さな兆を見つけられたのだろうに。

この間は一面がこんもりとした雪のなだらかな丘だと思っていた所、その中央を横切って一直線の道が右手に空いている。ここは道だったのか、その上に二列に規則的に並べ植えられた銀杏が細い枝を空に向けて伸びていた。

ここは銀杏畑なのかと思いながら、あたりを見廻すと、道のはるか下にも同じような木々の集まりのあるのが分かる。細い枝先に陽が照って、黄色のようなくすんだ不思議な色合いに見えた。

鶯の鳴き声がする。ホケッ、ホケッと鳴いて、なかなか正式のあの心に深く浸み入る鳴き声にはならない。立ち止って、次の声を待つが、しばらく声は聞えない。歩き始める。

これならスノーシューをつける必要はなかったか。しかしあの最後の丘の斜面を登る時にはこれが必要かもしれない。

右側の崖の一部にさかきの葉が下に向けて突き出している所がある。この間この小さな木は雪に潰されて、崖に押しつけられていた。それが今、撥ねて、緑に生き生きとしている。その下に小さな祠がある。石で屋根と両側の壁と床とを造り、前面の上部分は板がはってある。中には薄緑色の地蔵様の下半身が見える。よほど屈まないとその顔は見えない。おだやかなおっとりとした顔がほほえみかけている。よく見るとこの祠の周囲には丸い石が積まれて石垣となっている。祠が古く見えるわりには地蔵はそれ程古くはないようだ。ここでもこんなに雪が解けていたのだ、と思った。

「気がつかなかったな、こんな所に地蔵がまつってあるなんて、いつもは車だからな」

杉の林を歩いていると心地よい風が吹き抜けてゆく。

ここだ。あの上の所、ほらちらりと薄茶の毛が、雪の上に、いや雪の大半は融けてしまっていて、まだ伸びていない腑せた笹の繁みの上に、あそこに光とたわむれるようにふんわりと、かすかに動いている豊かな毛が見えるだろう。いやそうは見えない、薄茶の毛らしきものは確かに見える。毛に覆われたものは、やはり羚羊だった。西の方向に頭があるが、それは丸まった肩と折られた前脚との隙間に、それらの肉体に守られるように囲まれていて、殆ど見えない。大豆程のつぶつぶのある黒褐色の右側の耳が、顔のあるあたりから突き出していて、それは危険に素速く反応するアンテナのように立っている。その横に細い角が一本前に伸びている。やはり黒褐色だが、それ程は光っていない。長さは十センチぐらいで太さは根の所で直径二センチはあるだろうか、その横にもう一本、同じぐらいの角がある。もし立っていればこの角は頭の上に天に向って堂々と彼の威厳を示すべく伸びていたことだろう。折れ曲った右の前脚の毛は濡れて、縮じまって、皮膚の上でもつれている、前脚の蹄は見えない。

持っていた登山用のストックを身体にあててみると、その長さではたりなくて、もう三分の一ぐらいは必要のようだ。

案外肥っていて、豊かなどっしりとした感じがする。飢餓での死では無さそうだ。勿論どこにも出血したような跡は見られないし、傷もない。

もう少しで触れてみたい気になるが、触れた瞬間の冷蔵庫の内部より冷たそうな凝固した物質の持つ独特の感触を思い出してやめることにする。

蝿が二匹体毛の上に停っている。

毛はもう身体にぴったりとくっついて、最初に見た時のような、あの生き生きとした暖かみはない。

とするとあの時はまだ生命があって、その最後のかすかな生命の消え入るまでの僅かな時間をすごしていたのだろうか。

死ぬために、こんなに心地よさそうな場所を彼は選んで、最後の力をしぼってここにだとりついたのだったのか。ただ偶然に病んだ身体をこの陽あたりのよい丘の上で休めたくて、うずくまり、うとうとしている間に、あの冷酷な無慈悲な奴が、突然彼を襲ったのか。

左側の後脚は長く無造作に投げ出されていて、蹄が黒褐色の濃い黒に近い色をして、日の光をうけて滑らかに光っている。

二つにわかれた先端は鋭くとがっている。この蹄ならば崖を一直線に駆け登って行くのに何の苦労もあるまい。

雪の上に力強く、深く刻印された、蹄の跡の激しさが心に浮んできた。

彼はあんなに颯爽と雪の上を闊歩していたのだ。

光った使いなれた道具の持つ、滑らかな照りのようなものがその蹄にはある。

撫でると、やはり震えが伝わるような冷たさを掌に感じた。蝿が飛び上って、しばらくあたりに浮いていて、また戻ってきた、赤い大きな二つの目が動いている。ひっきりなしに首を動かし、細い足で口のあたりをなでている。彼はもうこの物が何であるかを知っているのである。

つぶしてやりたくなるが、去ることにする。

林道に下りて、見上げると、笹の間から注意すれば見えるが、自動車が通れる頃になれば、全ては隠されてしまうことだろう。

それにしても暖かそうなよい場所だった。

それ程気持は沈んではいない。雪の上を下り始めると、運動のせいか、心がだんだんゆったりと明るくなってくる。杉林の上の空は濃く厚い青色を呈している。手に持つスノーシューが重く感じられる。ゆるやかな坂を軽い足取りで進んで行く。こんな道でも下りの方が随分らくである。

突然、緊張感が周囲にみなぎる。何がどうなのか分らないが、いきなり戦場に引き出されたような緊張感がそこにある。

鋭い羽音が翼をゆるがす筋肉の音が、無数に重なってすぐ頭上で起っていた。見上げる杉の梢の縁の空間に、鳥が鋭角の嘴だけになって（それは黒灰色だ）空を引き裂いてつき進んで行く。全体がまるで古代希臘の戦場の重装歩兵の集団のように、長い槍を盾の間からつき出して、少しのゆるぎも見せず、行進して行く、そんな印象を私に与える。

短かい跡切れ跡切れの啼き声が無数にそこここに起こり羽音と入りまじって、その鳥の集団は杉に止まるのかと思うと、空に垂直に進み、一気に今来た方向に戻る。羽音と鳴声とが遠ざかるかいなかに、また次の集団が同じ緊張感をみなぎらせながら空を覆ってつき進んで来る。

杉に区切られた青空の快い空間が鳥に埋めつくされて、幾百匹、いや千を単位にした方がいいかもしれぬ鳥が、強い憤りに支配されているもののように過ぎていった。

腹は白い。大きさは雀より少し大きくて鶺鴒ぐらいだろうか、あれ程敏捷で激しい鳥を今まで見たことはない。群がるものなら椋鳥がいるが、季節が違うし、目白はあんなにも勢いはない。そう言えばどこかに黒い所と黄色のものと青いものが見えたような気がした。

この鳥のむれにはもう一度、ずっと下って車の止めてある少し手前の雑木林の所で出合った。今度は視界が広くて鳥達が黒い模様となって、空を覆い飛び行くのを見た。


家に帰ると妻がパソコンの前に坐ってカルテの整理をしていた。

「おい鳥の大群すごかったぞ、あれなんて鳥かな、雀より大きいが、椋鳥よりは小さい」

妻は鳥の会の会員である。きっと名前を知っている。ひょっとしたら、どこかで見たことがあるかもしれない。

「それアトリよ、きっと。これから北帰行なのよ。数千羽、多いと数万羽なんですって」

「見たことあるのか」

「あんたって案外運がいいのね」

と言った所をみると、まだ出合ってないのだ。

「四国かどこか暖かな地方で越冬して、これから大陸に渡るのよ」

「それからね、あれやはり羚羊だった」

「羚羊とアトリってどんな組み合わせ」

パソコンに目をやると、デスクトップに希臘アクロポリスのパルテノン神殿が写っていた。

南天と蝶

暮安　翠

　勝野ふじ子が年上の夢野文代と連れだって初めて田中稲城の見舞いに出かけたのは、昭和十七年晩秋の木枯らしの吹く午后のことであった。二年前から文通を通じてかなり親しい想いをとり交わし、近づく機会をうかがっていたふじ子から、そのことを率直に聞かされた文代は、少し妬ましさを感じたものの、稲城への後輩の憧憬をなんとか叶えてやろうと思ったのである。

　大正四年三月、薩摩郡入来町に生まれたふじ子は、夢野が卒業した十五年後に鹿児島第二高等女学校を巣立っている。父の顔を知らないままに、母方の祖父母の子として入籍された彼女は、幼い頃から別の男と所帯を持った母とも別れて暮らすことになった。女学校を卒業後は自分を溺愛してくれた戸籍上の兄や甥たちと鹿児島市内に移って同居し、男所帯の主婦役を勤めながら、短歌を書き留めたり、小説を書いていた。

　高女時代は文学好きな仲間に恵まれ歌をつくっていたし、西欧作家の本にも親しみ、日本の作家とは違ったハイカラな影響を受けていたのである。卒業三年後、二十歳のときに地元の新聞社が募集した新年懸賞小説に応募した「異父妹」が選外佳作になって文才を認められ、文学への道を歩きたいという思いは固められたのだ。けれど、この作品は自分の出生の秘密を題材に取り入れて描いているけれど暗くない。親から捨てられたという肉親に対する恨みや哀しみよりも、身のまわりにいる縁者との相克をうまく捉えている。辛いはずの境遇よりも季節の移り変わりなど環境の描写に彼女の性格を反映したような南国らしい明るさが見られるのだ。

「異父妹」を書いた二年後、同じ賞の三等に入選したことは彼女を喜ばせ勇気づけた。才能は発露し、しっかりしたものに育ってきたわけである。

同じ屋根の下で暮していた二人の甥、つまり従兄弟たちのうちで先に社会に出た方が郷里を離れて造船会社に就職すると、それを機会に彼の世話をする名目で彼女も長崎に住みはじめる。そこでの生活を中心にして後に書いたのが「うしろかげ」である。幼くして両親に見放されて育っただけに周りの人への思いやりがゆきとどくという彼女の姿が見えてくる作品となっている。年下の甥たちに対してばかりか、同居した実の叔父を兄として生活するうちに異性への感情がふくよかに芽生えたのであろう。

知り合いから耳にしたことが縁となって、「九州文学」に投稿したふじ子の作品が編集同人の原田種夫から認められ、同人となるのは昭和十四年のことである。その年こそ、「九州文学」が最も花開いた年だった。前年芥川賞を受けた火野葦平の「糞尿譚」に続けと発表された同人たちの作品が、次々と芥川賞や直木賞の候補に挙げられ、岩下俊作の「富島松五郎伝」などは映画になったほどだ。だから、その年の七月号に新人の勝野ふじ子が発表した「蝶」が注目されたのは当時の勢いの一つの例を示している。これは第九回芥川賞選考会で「参考候補」となり、宇野浩二から「九州文学」臭さがないと評価され、ふじ子に秘かな自信を与えた。「蝶」には、ふじ子の私生活が色濃く反映されていて興味深い。幼い頃から兄妹として生活した叔父との関係を嫂の立場に置き換えて描いているけれど、そこに怪しい男女の葛藤が仄見えるばかりか、最後に兄と結婚した嫂が妊娠したことから兄妹に起こる悲劇が痛ましく描かれている。後の作品もこのように複雑な肉親関係をテーマにしたものが多くみられるのは彼女の特色の一つだ。

ふじ子のことは「九州文学」の同人たちにも知れ渡ったし、それを知った八女の山奥、杣の里といわれる矢部村で結核を病んでひっそりと住む、田中稲城からも彼女に感想を記した手紙が届く。それがきっかけとなって二人は文通を始めるのだ。互いに胸を冒されていることを知った二人は、同病相憐れむうちに親しさを深めていく。

明治四十四年三月に山深い矢部村の善正寺住職の八人兄妹の次男として生まれた稲城は、久留米に下宿して明善中学を卒業すると、京都に出て大谷大学予科に入学する。けれど、眼病の光彩炎に罹り、やむなく中退して治療に専念することになる。十七歳のときだ。しかも、治療中の九州大学病院で結核を発病したため、福岡市今津の日赤病院に転院したが、しばらくすると矢部村の自宅に帰って療養生活を送るようになるのだ。

十年後、眼病治療から結核発病するまでのことを作品にしたのが、稲城の代表作といわれる『一茎の葦』である。大学病院に入院治療中に主人公は、同じ病で入院している幼い患者を見舞うが、そのとき少年を通して自分の運命を予感したように書いている。

〈自分の運命を肯定できない苦悩に、暗闇の中でそれを突き破ろうとして激しく身悶えている宮木少年の焦燥が、私の感情の中に電流のように伝わってくるのを感じた。諦めを強いられるということは何という痛ましいことであろうか。今から人生へ向かって出発しようとしている少年を、生涯を決定する暗い現実が運命という名の下にすでに彼を虜にしているのだ。……厭だ、と如何に身悶えしても、捕らえられた蝶に等しく、そのために自分の羽を傷めるだけにすぎないのだ。〉

若い精神は結局は諦めなければならない。盲いた眼の代わりに、精神の眼が新しく開く時がいつか屹度くる、それまでを生き抜くには彼の精神は余りに若く弱い。主人公は自分にひき比べてそれがよく分かるのだ。運命を肯定した人間の平静で、今までの苦悩が諦念の中に没入していく幼い姿に、眼病が結核性のものではないかと疑う主人公の苦悩する姿をダブらせている。病院では患者の芸妓や看護婦が出てくる。芸妓の照葉とヴァイオリンのことで言葉を交わすうちに親しくなるし、看護婦とも気易く口を利く主人公は、女にもてる方であった。深夜に当直の看護婦を詰め所に訪ねたとき、彼は彼女の誘導でエレベターに乗り、三階から一階までの狭いボックスの中での数秒間を愉しむところが出てくる。仄かな男女の心理的交流が微笑ましく描かれている。

静養しているときには色々な想念が去来する。〈私には今のところ、神仏を頼む気持ちはなかった。あくまで科学の力を信じ、科学が私に幸福をもたらしてくれることを信じたかった。科学が病んだ生命に新しい力を与えてくれ、新しい私の若い肉体の中で自我は何物にも阻まれることなく、成長しなければならぬと信じるのだ。しかし、そうした信念の隙間を、時折さっと翳るひとつの暗い影があった〉と彼の精神を苦しめるものについて書いている。患者仲間とは、奇跡問答を取り交わす場面も出てくる。肉体の奇跡は、失明を危惧する眼病が治ることであるけれど、精神の奇跡は、二元的に考えるところから始まる。〈人間の実態は、仏教的にいえば色心不二〉だという。これは寺という環境に育った主人公が口にしたのではなく、相手にいわせているけれど、作者の本心であろう。〈奇跡という言葉が愚かしく、聞こえる間は人間は幸福なのだ〉と。自殺話もでてくる。死のうとしたが死ねなかった。そこでどんな風に生きるかを考えることになる。〈苦しみは失明の恐怖からきているが、万一失明から救われても解決しない。生きている間は、それに代わる重さの苦難が先々に横たわっているからだ。どうにもならない、この事実を静かに客観視できる境地に近づくしかない、と悟る以外にない〉といわせている。そして死生観を展開する。〈生の終わりに死があるのではなく、死の中に生があるのだ〉とか、〈生きているのではなく、死なないでいるのだ〉と、盲者の哲学を披瀝する。これまでの常識的人生の見方では、霧の中から抜け出せない、打ち破るのは逆さまに理解するしかない、奇跡とは神の別名と思いつつも、神仏よりも自我の方が重い。それは若さだ。自我を頼み、盲愛する故に放棄できず、もがくことになる。闘病生活に投げ込まれた若い作者の苦悩が浮かび上がってくるようである。

見舞に来た父と主人公は博多の町を歩く。街頭や電車の中で結核予防週間のポスターを眼にする。

〈亡国病を撲滅せよ!〉という声を聞くようであった。

その後、照葉と外出した数日後に、眼の手術をする。最初に見舞いに来たのは期待していた堀井看護婦ではなくて、照葉だった。後に来た堀井は、先日芸妓と町を歩いていた主人公に声を掛けなかったのは、やはり偏見をもっていたからだ。「あんな社会の女」に対する処女の憎しみを感じとる主人公は、それだからといって照葉のために一言の弁明をするほどのモラリストでもないという自覚をもっている。また、堀井に薔薇をくれた照葉について話すと、嘘と虚飾とでつつまれた男の愚かさを曝すことになるから、と我慢する。その辺りの主人公の心理の綾がよく描かれている。

堀井看護婦も、主人公に想いを寄せていたのであろうか。主人公から「いつまでも勤めていると小母さんになるよ」といわれると、哀しげな表情をしてみせたからである。主人公が、病室で林檎をむいている照葉に「果物というものは、女はすぐ食べるけれど、食べないで愛撫するものさ」と声を掛けると、「男だって愛撫した後で、食べるのよ、却って意地が悪いわ」という。

そこで「君は詩人でないからいかん」というと、「詩人て何よ、私ね、林檎になりたい、あなたに愛撫されてそして食べられたいのよ」と返される。男の理性に麻酔をかける言葉や眼を持つ彼女を思い出して赤くなる主人公は、あけすけな女が例え自分を破滅させることになっても、見境なく身を投げかけるのが男だということくらいは知っているので怖いという。時雨にも寂しさを感じ、恋しているのかと疑う心に孤独を覚える主人公であるが、さりとて恋愛で孤独が癒されるとはとうてい思えないのである。

人生に満たされない主人公は、患者の三谷の部屋をたずね、二人は散歩に出る。そして哲学的問答を繰り返す。人は愛することも、愛されることも、むずかしい。千手観音の千本の手は愛の極致を表現しているといわれるが、それを素直に受け容れることはできない、と三谷はいう。それだけに沢山の手は人生の傷ましさを示している、と。生々流転の流れは永久に続くが、自分の生命もその生滅の中に咲いた一茎の花にすぎない。それでも一つのバトンを渡さなければならない、と主人公も相手の横顔を振り返るのだ。

ある日の午後、主人公は病院のそばのグランドの砂場で、ひとり徘徊しているとき、結核で死んだ中学時代の国語教師を思い出す。何を考え死んだのだろうか。〈私は流れの中に揺れている一茎の葦の姿を描いていた〉のである。

そんなときに主人公は喀血する。いよいよ結核が発病したのだ。〈今まで憑かれたように永い間、私を追い回していた正体のしれない魔物はもう私の心の何処にも住んでいない。私は瞼の裏にあの隔離病棟の窓を描いていた。今まで自分の恐怖を嘲笑していた一郭が、最後の憩いの場所として親しく浮かび出てきた。私は落ちるべき所へ落ちてしまったのだ。外科から眼科へ、そして再び内科へ、と送られる自分の運命、戦いが起こるのだ！〉この小説で主人公は結核との対面に心を備えるのである。

その頃の稲城の歌に〈脈をとる看護婦の白き手見入る　熱高き日の眼の疲れかな〉や〈雪かづく背振が嶽にひとところ　入りつ日あかく映えて寒きも〉などを残している。

それから数年して病が小康状態となり、寺の仕事や村長も勤める父のバス会社の手伝いをしながら、二十五歳のとき、短歌雑誌「新樹」を自ら創刊する。村で芸術的な集団をつくることが里の文化を発展させるし、万葉だって下々の人によってできたことを考えるべきだ、と抱負を述べる。後に歌誌を「村」と改め、小説「乳房」を発表している。

当時、矢部村から近い鯛生金山ブームに沸く浮薄な風潮を批判する文章も残しているが、この頃から久留米に住む医師で詩人の丸山豊と親しくなり、彼から助力を受けて、翌年刊行したのが同人誌「文学会議」であり、同人たちとの繋がりは深まっていく。

丸山の他に後の主宰者となる浄瑠璃語りの矢野朗や池田岬も加わり、大陸での重苦しい戦雲の漂う中で、出征をひかえていた火野葦平も参加して小説「山芋」や「河豚」を投稿している。昭和十二年に発表した「糞尿譚」で、翌春、戦地杭州駐屯中に芥川賞を射とめることになるわけだ。西湖畔の中隊本部で内地からやってきた小林秀雄によって受与式が行われた。杭州の葦平に祝意を届けた稲城にも彼から軍事郵便が届くのである。

北九州では葦平の『糞尿譚』芥川賞受賞祝賀会が行われたが、それに続いて久留米でも「文学会議」主催の芥川賞記念会が催された。小倉から遙々やって来た劉寒吉、辻旗治、河原重美と稲城は、会がはね、かなり更けてから、もう暖簾をたたんでいた、おでん屋をたたき起こして、矢野朗をはじめ、「文学会議」の皆と夜を徹し、明け方まで酒を飲んだ。ふらふらする足取りで、一人汽車に乗る劉を見送り、皆でそのまま原鶴温泉に車を飛ばしている。朝風呂につかり、筑後川の畔で朝陽が眩しく輝いた頃、久留米に出て小倉に帰る辻や河原を駅まで送り、稲城だけが、一緒に福岡まで行っている。それから程なくして稲城は熱を出し倒れてしまうのだ。その頃が一番懐かしい、と彼は二年後の十五年九月、「立秋記」に書き残している。めっきり秋めいてきた峡の空をぼんやり眺めていると、久しぶりに岡部隆助や佐藤隆、安西均が見舞にやってきて一泊し、語り合って、翌朝帰って行ったこともあり、それらを思い出したからであろう。

「文学会議」の同人たちは発足した「九州文学」第二期に加わり、田中稲城も十四年には大学時代の体験をもとに本願寺前の旅館の女将の姿を書いた「女人苦」を発表し、岡本かの子の「老妓抄」の影響がみえると評されたし、構成が巧妙として注目した「こおろ」の詩人、矢山哲治からも手紙が来て交流が広がるのである。

先に同人になっていた夢野文代の紹介で勝野ふじ子が「九州文学」に入会したのは十四年春のことだが、原田種夫のもとに送られてきた彼女の「蝶」が七月号に載ると、同人たちの絶賛を浴び、その年の第九回芥川賞選考会でも高く評価される。〈参考候補〉という声があがったことは、彼女の優れた才能が中央でも認められたことを証明した。そのときに稲城からも高評の手紙が届いたり、ふじ子の方も、その年の晩秋に稲城が発表した随筆「風のふるさと」を読んで感動し、返事を出すうちに二人は書簡を通じて親しくなっていく。書面を頻繁に交わすことでしか、互いの思いを述べる機会はなかった。

「蝶」は、実は叔父であるのに戸籍上の兄としてふじ子と同居していた好虎が結婚するまでの私生活が物語の背景になっている。この中では嫂になった尚子からみた義妹ゆう子の微妙な言動がよく捉えられている。尚子の妊娠によって兄に対する愛が潰える現実に絶望したゆう子が自殺し、彼女への愛に殉じて兄である尚子の夫貞一もその後を追う、という近親相姦的物語になっていて、そこには怪しいまでの空気が漂っている。現実生活が猥雑で空虚だったからこそ、その頃の思いを閉じこめて新しい空想の世界を築き上げようとしたのであろうか。

兄好虎はふじ子より十三歳年上で彼女を可愛がっていた。それは彼女が幼い頃に母から離され育てられたという複雑な家庭環境を知る叔父としての肉親愛から不憫さが募ったからだろう。

実生活で祖父の六女として戸籍に入れられたのは、長女である実の母が落ちた恋を親から反対され、すでにお腹に宿していたふじ子を生むと彼女を祖父母に預けて別の男と結婚してしまったからだ。しかも実父はふじ子を引き取ることなく、台湾に去って行き、別の家庭を持ってしまった。だから親の愛に触れることなく母方の伯母や叔父を幼い頃から姉や兄としてふじ子は生活しなければならなかったわけである。

そんな複雑な家庭に育ったふじ子だったが、小学校卒業まで首席を通し、県立川内高等女学校に入学したものの、一年後には鹿児島第二高等女学校に編入学する。それは、実は叔父である教師の好虎や従兄弟でありながら甥として年下の二人の小中学生と住むことになったからである。その頃の私生活を通して女の理想と現実の相克をうまく捉えて私小説風に克明に表現しえたから評価されたのだ。

昭和十五年には寺に籠もる田中稲城も頭角を現す。その二年前、川端康成の『雪国』について「小説と抒情精神」を述べたり、ロマン主義やリアリズムを論じた「文学の表情」を残しているが、十五年の「九州文学」七月号に稲城が百四十枚の力作「一茎の葦」を発表すると、改造社の「文芸」十二月号に推薦作品の有力候補として挙げられる。惜しくも二位に甘んじたけれど、久留米の「文学会議」時代から仲のよかった「九州文学」の同人が彼を勇気づけ励ましてくれた。

その年の「九州文学」八月号に勝野ふじ子は、郷里薩摩を舞台にした「南国譚」を発表する。これには南国らしい鹿児島の風物が取り入れられ上手く描写されている。街の前面に蒼い海の中から浮かんでみえる、紫や青、紅という朝夕の太陽光線で変化する、どっしりとそびえた桜島の眺めを捉えている。城山に登ると新緑が全山を埋めている。桜、楓、梅の落葉樹や、椎、椿、樫、樟の常緑樹がみられ、風の死んでいくたそがれどきには、夕焼けの桜島が細い一筋の噴煙をまっすぐ空に吐いている。煌めく金波の海面。街はひっそりと鎮まり、家々の屋根に残りの陽影が赤い街の様子が描かれる。《北辰斜めに射す処》の七高寮歌が聞こえてくる舞台で展開される、青年たちの失恋に終わる初恋をからめた青春を、彼らの下宿の隣に住む峰子が観察する物語であり、峰子自身も幸せな結婚をするところで終わっている。けれど現実は儚くも結婚など夢に終わっているから、彼女の願望が小説化されたわけである。

「嫌いな男と十年暮らすよりも、たった三日でも理解し合った相手と充実した生活を営む方がより幸福だ」という文句を小説の中で綴っているけれど、それは彼女の願望であり、まるで自分の運命を予言しているようでもあって、やがて親しくなった稲城と添い遂げられたらどんなに良かっただろうという印象を読者に懐かせるのである。

翌年の十月号に発表した「うしろかげ」では、教師をしている兄、実は叔父と、二人の甥、実は従兄弟たちとの同居生活をどの作品よりも私小説風に描いている。作者自身の複雑な生い立ちから生まれた作品であることは確かだ。実の母が、自分を産むと実の父と別れて他人の許に嫁いだために、祖父母にひきとられたものの、戸籍上は六女として入籍された事情が、ふじ子を小説家にした要因に違いないと思わせるのである。

「うしろかげ」は、同居している甥の淳が成長していく様子を中心に実に克明に描写されていて、淳の性格や優れた才能までが読者に伝わってくる。特に、発病二年後に健康を恢復した佐恵子が、就職した淳から誘われて長崎に旅立ち、二人だけの同居を始める頃の様子が詳しく描かれている。浦上の下宿は二階で間近なガラス窓の向こうに長崎医科大学病院のクリーム色の明るい建物がみえ、薄闇の空気を伝って透き通るような浦上天主堂の柔らかな余韻の鐘の音が響いてくる。長崎での生活は、やがて淳の会社での使い込みが元で退社することになって頓挫する。そのため父のいる台湾に渡ることになり、佐恵子は鹿児島に帰ることを決めるところで物語は終わっている。甥に去られた佐恵子には、今までの共同生活で体験した彼への深い想いが残ったはずだけれど、そこまでは書かずに読者に想像させるような余韻を残している。

淳のことは幼い頃から一緒に過ごした思い出の中にも詳しいが、兄の修吉のこともその態度や会話からよくわかるように描かれている。彼らの日常の生活を通して、ふじ子の肉親に寄せる思い出としての〈うしろかげ〉への愛情が伝わってくる作品だ。最後は成人した淳が会社での不祥事で退社し、離れて暮らした実父のいる台湾へ去ることになり、兄が後始末をするため長崎にきて、佐恵子が彼と長崎の街を歩くところで終わるけれど、暗いはずの結末もどこか明るいのは、ふじ子の人柄であろう。「うしろかげ」で、佐恵子が親しくしていた測候所技手が最後まで自分を〈愛する〉と口にしなかったり、求めなかったのは良い家庭に育った人らしい許嫁と結婚することを心に決めていたからであり、失恋したことに彼女は屈辱感を覚えるけれど、相手への恨みや疑いよりも哀しむところで終わっているのは、作者ふじ子の優しくて繊細な心の襞を感じさせる。佐恵子が失恋の後に飛び込んできた満州国官吏との婚礼話に迷うと、それに反対する甥淳の自分への愛着心の発見に心が明るくなるところはあるものの、この間の精神的苦痛は、あまり強くない彼女の健康を支え切れなくしていく。そこである日、血を吐くことになるのだ。田舎に転居して療養中の彼女を、昔の恋人の妻が見舞に来る。相手の誠実さに心をうたれ、自分にはできないことだと反省する佐恵子。自分なら、誤解をおそれてそんな行動はとらないだろうし、真面目な態度を冷笑する照れくささが働いただろう、と佐恵子に思わせるところもふじ子の繊細さがよく出ている。

庇い合って生きてきた佐恵子たち親類の美しい姿を描く作者の眼は確かだ。彼女の療養中に、結婚することになった兄、複雑な家庭に飛び込んできた嫂に感謝する佐恵子だが、自分も真面目に優しく生きねばと思う。頭は良いのに台湾の父から学資を断れて高等学校進学を諦めた淳は商業学校に進み、卒業すると長崎の造船会社に就職する。彼との共同生活で疲れた佐恵子の肉体も、淳が台湾に去ったその翌春には、健康は快方に向かい、散歩ができるまでになる。古里の青い川原で夕明かりに咲いたイタドリの花をみて、即興の歌を友人に書き送ったりする。実生活ではふじ子の結核がぶりかえして療養生活が続くことになるのであろうが、小説を暗い幕切れにしていない。

さらに昭和十七年の「九州文学」十二月号に「平田老人」を発表し、九州では好評だったけれど、「蝶」のときのような中央での高い評価は得られなかった。ふじ子は肺の病が昂じると、故郷の入来町に帰ることを決心する。

華やかなデビューが却って災いしたのか、彼女の勤勉さ故の過剰な努力のせいなのか、次作から目ざした新しい展開は裏目に出たようだ。彼女らしい独自性やテンポの良さや泥臭さのないしゃれっ気も失われていったとされる。戦雲急を告げる中で、戦場のことも、自分の結核のことも、小説の中でほとんど取り上げていないのは不思議である。自分の過去をえぐるような「うしろかげ」は彼女らしい明るさに乏しい面があるにしても、私小説のような暗さは少ない。この作品はその年の「文芸推薦」の候補になっている。宇野浩二が「九州文学」にない素直さがあると褒めたからであろう。翌年の「平田老人」も「文芸推薦」の候補に挙げられたが、受賞は逃している。

女学生になるまで祖父の許にいた頃は健康であったのに、鹿児島の高女に移った後は周囲の者に病弱な印象を与えていたというから、その頃病魔に襲われてしまったのであろう。出自を自覚し、読書に没頭しすぎて身体を壊したのか。それでも昭和十五年までは寝込むほどではなかったのに、太平洋戦争に入った頃に疎開と療養をかねて実家に帰っており、その頃から寝たり起きたりの生活になったようである。

結核を死の病と直感的に捉えていたふじ子は、杣（そま）の里の名刹、善正寺の離れでひっそりと療養しながら珠玉のような随筆「紅い実」や九州文学賞を受けた小説「山卿」を書き、あえて冬が好きだという稲城との文通に生き甲斐を覚えるようになっていた。

相手の身の上に自分を重ねて哀れむことも勿論あったはずだが、手紙の上での文学論や人生論を交わしているうちに、〈いとしき者〉と認め合うほどに親しさが増してゆき、そのことに生きる喜びを感じていたのだろう。いつか逢いたい、とふじ子は思った。

そんなときである。門司から津屋崎の結核療養所に移って付添婦として働いていた女学校時代の先輩、夢野文代から手紙がきた。兼ねてからふじ子の便りにあった田中稲城の見舞いに自分が同行してもよいという返事が綴られていたのだ。

二人は鹿児島本線羽犬塚駅の待合室で落ち合うことにした。宮之城線の入来から乗り込み薩摩川内で乗り換えた博多行きの急行を瀬高で降りて普通に乗り換え、羽犬塚で降りると、夢野夫人が待合室で待っていた。支線の矢部線で黒木まで行き、駅前で乗り込んだ堀川バスに揺られながら矢部川沿いを遡り、八女郡の山深い矢部村に辿り着き、善正寺を訪ねたのは、昭和十七年十一月のことだった。

深い森の濃緑の繁る山峡の道を抜け、大きな境内を歩いて着いた寺で住職の父親から稲城の休む離れに案内されたとき、同じ病に苦しんだことのある年上の夢野文代が、文学の先輩として、「焦ってはいけませんよ、辛抱して下さいね」と稲城を励ましているのを耳にすると、ふじ子も、そばから控え目に優しく同じような言葉をかけて慰めた。

その頃に稲城の書いた「春愁」は、鬱屈した想いが影を留めないほど爽やかな心境小説で、叙情的に風景と心理が展開され、好きな冬の後にやってくるであろう春の愁いを綴る中に人柄が現れているのは、ふじ子に初めて逢うことができたからであろう。

青年の頃に上京して大谷大学の予科に入り、仏教を学びはじめていた稲城だったが、目を病んで学問を続けられなくなってしまったときの彼の想いはどんなであっただろうか、とふじ子でさえ思ったことだろう。都会の空気に少し触れただけで帰郷を余儀なくされ、はっきりしない眼病に不安を抱えていたはずだからである。大都会の生活に疲れたことが引き金になったのであろうか、九大病院に入院中、結核を発病してしまい、退院しても自宅で療養生活を送る外はなかった。しかも、始まった二つの戦争のために、やがて長兄をはじめ、二人の弟までが戦死することになるのだ。胸の病は寺の息子である稲城に諦観をうえつけたとしても、一人の男として国に奉公できない悔しさと申し訳なさで彼を苦しめ、悩ませたに違いないのだ。

冬の厳しい寒さの中で静かに生きる万両や南天、藪柑子に心を寄せ、清らかで澄んだ文章を書く稲城の作品に接して、ふじ子の方も繊細な神経の持ち主で田舎の自然を愛していただけに、年上の稲城の住む環境にはすぐに馴染むことができた。それだけにおとなしい彼の瀟洒な姿に魅せられ優しい感性に触れると共感する思いは深まり、心を寄せるようになる。彼より四つ年下ということもあって、端正な顔立ちの稲城を兄のように慕わしく思うようになったのは当然であろう。

最初はほのかな慕情であったものが、文通しているうちに互いに通じるものを感じて恋情へと二人の想いが広がっていったとしても不思議はない。病の熱の余波もあって、互いに離れて暮らす気持ちは昂ぶるばかりであった。

稲城の方も、彼女の真剣な文学への没入に心を打たれたし、同じ病いを思いながらも南国の女らしく明るい高貴な女性的文章に惹かれていったのである。

自分たちの命の儚さを互いに意識していることもわかって、相手への想いは益々激しく募っていく。その烈しさはふじ子の方が勝っていた。そして、ついに初めての訪問の翌年九月になって、彼女は単独で矢部村の山奥まで独りで善正寺を訪ねて行き、数日滞在してしまうのである。彼女にとっては、命を賭けるほどの思いつめた冒険旅行だった。

深い森に囲まれた昏い矢部村の初秋の空には満月が輝き、執拗に虫の集《すだ》く声が聞こえた。桜島の雄大な眺めに男への夢を託していた若い頃と異なり、静かな自然に惹かれていた彼女は、これから稲城の迎える八女の山奥の冬の厳しさを思って哀しくなった。

陽が傾き杣の里に翳りが迫る頃、二人はこっそりと寺の境内を少し歩いた。自分たちの誕生日が偶然にも三月五日ということを知ると、ふじ子は同じ星の下に生まれた運命的な巡り合わせに驚き感激する。結ばれるべき宿命を直感したのだ。

同じ病で寝ついていた十七歳になる弟の瑞城が自分の占めていた稲城の隣室を、ふじ子のために一週間空け渡してくれた。最初の夜をそこで迎えたふじ子は、遅くまで寝つけなかった。看病という名目で来たとはいえ、いきなり長襦袢姿のままで彼の部屋に押しかけ、焦がれる想いを打ち明けてしまう。まるで熱に浮かされた行動をとる狂った姿に気付いても瑞城は、ふじ子に好意を感じていたので、発音を気にすることはなかった。喘息の発作に苦しむ次兄の人生の最後を飾るに相応しい女人が遙々南国からやってきたことに感謝こそしても、責める気持ちはさらさらなかった。

ふじ子が自分の軽薄さを意識するのは翌朝のことである。話しているうちに、気持ちが昂ぶり一気に結ばれてしまう。床に誘ったのはふじ子の方だった。

「わたしの愛しいお稲《とう》さま、がんばってくださいましね」

「ありがとう、君を守れないのが哀しい。もっと早く知り合っていればこんなに焦らなくても愛せたのにね、ふじ子」

「けれど、あたし、安心致しましたわ。お稲さまはわたしのものですもの、もう誰にも渡さなくていいのね」

「君を永遠に愛しつづけるよ、黄泉の国に去ろうとも、ふじ子」

「あの世へ渡ることになっても、二人は永久に結ばれるんだわ、もう思い残すことはないわね、お稲さま」

体の芯から燃え上がる性の悩ましさに苦しんでいたふじ子は、男を求めずにはいられなかったのだ。稲城は寺の息子なので慎み深かったし、辛抱には慣れていた。だから今までは性の悩みにも耐えることができたといえる。ふじ子の誘いを初めは拒んだけれど、あまり執拗に迫ってくるので、憐れみから彼女の求めに応じてしまったのである。それをふじ子は自分への愛の証と受け止めて喜んだ。

肉体は滅びかけているのに、三十二歳と二十八歳の肌が初めて触れあうと、たちまちのうちに燃え上がった。痩せ細った肉体に宿る欲望は衰えていなかったのであろう。むしろ消え入る前の蝋燭の火のように一瞬強く燃え上がったのだ。かつて眼病で入院中に出合った芸妓に感じた女の情熱をふと思い出し、その本性を実感することができた。

ふじ子の方から求めたのは女のサガだったのだろうか。彼女にとって今がすべてだった。時々刻々と過ぎ喪われていく時間が惜しくて愛おしかった。稲城と自分がこの世で触れあえるのは、この時、今この瞬間しかないのだ。離れれば想いは遠のき、再び交わるために、またこの寺を訪ねることなどもうきっとできないだろう。彼女の焦りは彼の諦めを無視していた。ふじ子にとって死をみつめながらの執拗な恋はやむにやまれぬ激しいものだったのだ。男も女も恋に身を焼き、体力の衰えや疲労などの考えを超越して突き上げてくるものに身を任せた。まるで徹夜した後の疲れから神経が昂ぶり、精力が湧き起こるような勢いに似ていた。それが病身には悪影響を与えることはわかっていても、二人は無視してしまった。今がすべてだ。廊下の奥の部屋から狂おしい叫びが洩れてくるのを弟は耳にした。筧の見える厠の入口に置かれたクレゾールの入った消毒液の匂いも彼らには香水に感じられた。我慢できずに欲望にすっかり溺れて燃え尽きてしまうまで身を任せた。病の熱か、恋の炎か、業火に焼かれた二人はそのまま灰になることさえ願ったのである。

稲城は頭ではそれを動物の浅ましさと理解していたけれど、ふじ子は身体の奥から湧き起こる熱い欲情に精神が耐えきれないことに悔いはなかった。性の饗宴に身を任せてしまったことに幸せさえ感じたのである。彼は、ふじ子の言葉からしか相手を感じることが出来なかったけれど、若さを残す澄み切った鈴の音のようなふじ子の声が心地よく聴覚に伝わってくる。闇の中では声と肌の感触だけが頼りだ。ふじ子も男の肌から伝わってくる愛の発信を感じて喜びに震えていた。肌を触れていると、刻々と相手の伝えたい想いが響いてくる。それを感じ取る力は神経を張りつめている彼女の方が強かった。献身的な温かいふじ子の情熱に稲城は血を吐きながらも、彼女を抱きしめていた。ふじ子も相手から肌を離すまいと頑張ったけれど堪えきりなくなると、息苦しさから厠に駆け込み、かなりの血を吐いていた。渾身の力をふりしぼって稲城はふじ子を抱いたことで汗をかき、それが冷えると震えがきて熱が出た。三十九度をこえる高熱に苦しんだけれど後悔はなかった。虚ろな意識の中で彼は念仏を唱えながら祈り、声にならない言葉をつぶやいていた。

次の朝、少し収まったけれど、最後の力をふりしぼってふじ子を迎え入れ抱いた。けれど、哀しいかな、二人にとっての関係は初夜と翌朝の交わりが限度だった。

哀しみと悦びに満たされて別れるとき、ふじ子はあと数ヶ月の命ということを本能的に感じていた。それだけに欲望の発散された後の満足感と虚しさは計り知れないものがあった。これからは思い出に生きる他はないだろう。ふじ子の頭を悲愁がよぎった。

別れの朝の、男と女の想いに隔たりがあったのは、生理の違いからくるものだった。稲城の方は諦めが先立ち、仏に祈るうちに後悔が襲ってきた。仏にすがる毎日を送ってきた彼とは対照的に、ふじ子の方は命を賭けた二度の契りに満ち足りていた。

谷間の村を後にするとき、ふじ子の頬はまだ火照っていた。もう再び相まみえることはないという、永遠の別離の覚悟はできていたけれど、やはり別れは哀しく辛かった。寺の次男である田中稲城よりもむしろ、勝野ふじ子の方が熱く燃えたのは確かである。

病の熱よりも恋の焔を女は強く抱いていたので、稲城が彼女の腿の谷間に触れたときは火傷しそうな熱さだった。そのためもあって体力を消耗し尽くした稲城は、三日目の朝、彼女を見送りながら、女の宿命に憐れみさえ感じていた。けれど未練は残らなかった。女を抱いたまま、息絶えていたらどんなに素晴らしいこの世との別れになったであろうか。男としては女とは違った後悔の念も少し生まれて辛かったけれど、女を抱くことができたという初体験の想いだけが彼を慰めてくれたといえる。

ふじ子は、まるで毒を吐き出した後の悪魔の心になっていたのだろうか。恋の頂点を征服した気分は爽快なものだった。これでいつ天国へ旅立っても死を穏やかな気分で迎えられると思えたのである。帰郷すると彼女は、今までに送った二十数通の手紙の締めくくりとして恋人への最後の想いを綴った。


窓の外のずっと向こうに桜島が今日も噴煙を上げております。空は黒い雲に覆われていますけれど、わたしの心は明るく晴ればれとしているのです。お稲《とう》さま、ありがとうございました。わたしは幸せです。ただあなたさまのお体が心配ですわ。無理をなさいましたものね。すべてわたしのせいですわ。わたしのものにしようと稲さまを抱きしめているとき、わたしは悪魔になっていましたの。ごめんなさい。また、お手紙、書きます。くれぐれも静かにお休み下さいませ。
あなたのふじ子

二人の逢瀬からひと月が経ち、ふじ子の感情もかなり落ち着きを取り戻した。そこで冷静な内容の手紙を出している。

逢えばお互いの愛情もふかめられて嬉しく思いました、豊かに新鮮になるような気がするのよね。そうでないこと？　肉親のような気易さだとあなたはおっしゃったけれど、そうよ私だってとお答えしますわ。殊に私など祖母をのぞいては少しの気兼ねもなくむきあえるという肉親はいないのだし、これからさきあなただけが私の頼り得る唯一の人だとの感を深くしているところなの。ほんとうにもうお互いに遠慮することなんかないのね。二人がだからうちとけ合えることについて私もいくら感謝しても、し足りないような気持ちですの。

ふじ子のいる間だけは治まっていた喘息の発作もまたすぐにぶりかえして、稲城の体温は高低をくりかえしながら暮れまで高熱が続き、正月を迎えることが出来ずに、十二月二十五日の明け方に息をひきとることになる。月初めに着いたばかりの「早稲田文学」に稲城の絶筆になる小説「鏡」が掲載されていた。

「鏡」は、戦火の中で弟が出征して行くときの話である。弟の従軍に対比して、自分の五年に及ぶ闘病生活を活写した作品だ。発熱、喀血、心悸亢進、咳、喀痰、胃腸衰弱等の症状に嘖まれてきた肉体的苦痛に耐えるのに、どんなに闘病力が必要だったか、それを支えたのは日毎に伝えられる苛烈な戦線からの報道だった。死に対する覚悟が肚の底にすわってきたのも、兵隊の労苦に比べれば天命と諦めることができたからというのだ。その雑誌を胸に合掌する形で彼は午後五時四十分静かに息を引き取ったのである。

稲城危篤の電報を受け取っても重篤の床にあるふじ子は、どうすることもできなかった。自分の部屋の窓から桜島の稜線の向こうにみえる寒々とした月影を眺めて、別れるときにみせた彼の哀しそうにしていた丸い温顔を思い浮かべるばかりだった。心に浮かんだのは冬の実や花を愛した稲城への惜別の歌だけであった。

《君が賞でし南天千両やぶかうじ　木の実色づく頃に逝きませり》

昭和十八年にふじ子の作品は発表されていないけれど、六月八日の稲城宛の書簡では、「九州文学選集」に載せる小説三十枚を書き上げたとある。その「老婆の記」は翌年の「九州文学選集」に稲城の作品とともに入っている。

稲城が黄泉の国へ飛び立ってしまうと、ふじ子の方も彼を追うように数ヶ月後の十九年三月二十一日に亡くなっている。死線をさまようことがあると、彼女は死を覚悟し、手持ちの原稿をすべて焼却してしまった。病気が伝染性のものということもあろうが、稲城の死が彼女の創作意欲と生きることに対する情熱を奪ったのである。

「九州文学」十九年三月号に、かろうじて書き上げた作品「安とおさくの話」が載っている。小作人や部落出身というこれまでのふじ子の小説にみられない人物が登場している。彼女の社会的視野のひろがりを感じさせるものが現れている。

また、最後に出てきた小説の原稿は、矢野朗が指摘していた未発表作品の「薄暮」だ。これは、結核患者の夫とそれ故に幼子を連れて実家に戻った妻と、彼女の継父である医師の三人による愛憎劇である。ここでは初めて医師の匂い、保健所、レントゲンなど病気の匂いが充満している。さらに医師から血の通わない養女に対する近親相姦的な愛情の暴露があって、ここでもふじ子の文学へのなみなみならぬ執念がうかがえるのである。

未婚であった二人の燃えるような激しい恋のやり取りの綴られた手紙が残っているけれど、既婚者の夢野文代はかつて同道した勝野ふじ子が矢部村に連泊したことを知ると、火を吐くような激しさで燃え、やがて消え果てた若い二人の恋に祝福を送りたいと思った。

ふじ子は母の弟で戸籍上は兄として同居した経験からか、小説で兄から可愛がられた妹と嫂との心理的葛藤が嫂の妊娠で妹が自殺し、それを契機に兄までが自害するという怪しくも近親相姦を思わせる「蝶」を残したけれど、それから連想されるように、文学を愛する女らしく芸術を追い求める蝶となって羽ばたこうとしたのであろう。

死なない蛸

紺野夏子

夜が明けると一つ歳を取っていた。朝刊の日付を見て、孝介はきょうが誕生日だと気づいた。

カレンダーに丸印をつけて、お祝いのぜんざいを作ろうねと、不自由な右足を撫でながら台所に立っていた母の三回忌をこの春に済ませたばかりだ。同時に父の七回忌もやり、一人息子の役目が果たせたと気が抜けていた。

五十七歳。今更おめでとうもないと、顔を洗い着替えをして台所へ行き、バナナを切らしたのを思い出した。

誕生日に朝食は無しか。冴えない気分で冷蔵庫を開け、牛乳のパックを取り出した。そのまま口へ近づけて手を止めた。食器棚からコップを取り出し、牛乳を注ぐ。

誕生日だもんな。せめて牛乳くらい、ちゃんと飲もう。冷たい牛乳はお腹に悪いと母に散々言われて育った。ゆっくり噛むように飲むんだよ。母の声がする。

洗濯や掃除をして一息ついた頃、向かいの家の順一がやってきた。いつものようにノートパソコンを持っている。幼馴染の順一は鬱病で、長年自宅療養中だ。

「孝ちゃん、誕生日おめでとう」

いきなり言われて、孝介は驚いた。

「おれの誕生日を覚えていたのか」

「ああ。正確には、これがね」

順一は分身のように持ち歩くパソコンを開く。素早く指を動かすと、画面に行儀よく並んだ名前が現れた。住所や生年月日が続いている。みな見覚えのある順一の家族の名だ。最後に孝介の名前がある。

「薬のせいでよく頭が働かないから、忘れないように作ったんだよ」

「そういうことか。……ありがとうな」

孝介は順一の肩に手を置いた。今は遠くにいる母親にも、おめでとうを言っているのだろうと、胸が熱くなった。八十を過ぎた順一の母親は、昨年、一人息子の傍を離れて長女の住む関西へ移っていた。

満足そうな笑みを浮かべた順一は、胡坐になって茶卓に腰を落ち着けると、液晶画面をゲームに切り替えた。

電話が鳴った。最近親しくなった不動産屋の営業の友野から、昼頃お邪魔しますからよろしくという連絡だ。

「じゃあ、ついでに、海苔弁を二つ買って来てくれ」

孝介はこれ幸いと頼んだ。

「お前の弁当も頼んだから、一緒に食おうな」

うん。画面を見つめたまま順一は言った。

友野は四十分ばかり遅れてやってきた。

「ごくろうさん。しかし遅かったな。混んでたのかい？」

ネクタイを緩めながら、友野は頷いた。

「ええ。八人ばかり並んでました。孝介さんに言われてなかったら、他の店に行くところでしたよ」

同じほか弁でも、ひじり店が一番うまいと、友野はいつも孝介から聞かされている。ゲーム中の順一の腕を孝介は軽く突いた。

「おい、めしだぞ」

うん、わかった。順一は素直にマウスを離し、手を洗いに立った。後を追うように友野も立ち上がり、スーツの上着を脱いで鴨居のハンガーにかけ、洗面所に向かう。ガソリン臭い埃の混じった日なたの空気が、孝介の周りに漂い消える。

とっくに手を洗って待ち受けていた孝介は、箸を取り弁当の蓋を開けた。

一人暮らしの孝介の家は気を遣わないで良いから有難いと、よく昼休みにやってくる友野は、白髪交じりの男二人を尻目に早々と弁当を平らげ、順一に断る間ももどかしくノートパソコンに向かった。

築五十年を過ぎた平屋の茶の間に、マージャンゲームのとぼけた電子音が拡がる。

友野と知り合ったのは一年ばかり前で、上司と二人で工事開始の挨拶にやってきた。同じ通りの三軒先の空き家がいよいよ解体されるのかと思いながら、孝介は差し出された名刺を受け取った。名刺には、最近よく目にする、新興不動産会社の名前があった。

四十歳くらいの明らかなメタボ体系の営業主任と、まだ大学を出て間もないと見える平社員のコンビだった。友野道人という若い社員は、緊張気味の笑顔と共に菓子折りを一つ、孝介に手渡した。

取り壊しが決まったのは、先年、一人暮らしをしていたばあさんが亡くなった家だ。孝介と同年代の二人の子供たちは関東で暮しているので、いずれ処分されるだろうとは思っていたが、不況でなかなか売れないらしかった。

持て余した不用品のように空き地や空き家が放置されていたその状況が、少しずつ変化を見せ始めたのは、二年ほど前からだろうか。百坪ばかりの土地を二つ三つに分割して、ジュラルミンのスーツケースのような、凹凸のない二階建てや三階建ての家が、あちこちに出現した。まるで雨後の筍のように、すべすべとした外観の新手の家は瞬く間に地上に出現し、「新築分譲」の幟が風にはためいた。光沢のある紙に鮮やかな色彩で印刷された朝刊の折込広告には、マンション並みの価格で一戸建て！　の文字が躍っていた。大手から地元の小さな不動産屋までさまざまな会社名があり、底を打った景気が少しずつ上向きに転じているのが分かった。

孝介はたまに、以前ここには何が建っていたのだろうと、更地になった土地の前で首を捻った。生まれて以来住んでいる町なのに、すぐには思い出せないことがあった。

三軒先の空き家は大量の埃と騒音を道連れに一日で地上から消え、庭木や石が抜き取られ、数日の間に更地になった。そこに三つ子のような三軒の家が建ち、すぐに学齢期の子供のいる家族が入居した。地下鉄の駅に近いこの辺りは有名進学校を抱える文教地区で、古くから栄えた商店街もある。大きなマンションが建ってもすぐに売れてしまう人気のエリアなのだ。

工事の騒音から解放されてほっとした頃、再び友野がやってきた。今度は一人で、無事完成のお礼だという。

ひととおりの挨拶が済むと、友野は少し声を改めた。もし、お宅様の結構な土地をお売りになりたいと思われましたら、どうか当社にご連絡ください。この地区は私の担当になりましたので、どのようなご相談でもご遠慮なくおっしゃってください……。言い終わり、深々と頭を下げた。

結構な土地か。若さに似合わない言葉遣いだ。だいぶ営業にも慣れてきたなと思いながら、孝介は言った。

「売る気はないよ」

友野は頷いて続けた。

「はい……一応ご挨拶ということで、聞き流しておいていただければ結構ですから。こんな一等地に庭付きの家なんて、最高の贅沢ですもの。手放せないですよねえ。私なんか騒々しい飲み屋街のワンルームで、万年床にもぐりこむだけの部屋ですから。……実は僕、お宅を見ると懐かしくて。失礼ですが、この家は田舎のばあちゃんの家に似ているんです」

「へえ。田舎はどこ？」

ついつい、話にのった。長崎だと聞いて心が動いた。孝介の父が戦前暮らした土地だ。生まれつき心臓が悪く、兵役を免れていた父は長崎の軍需工場で働いていたが、原爆が落ちる前に体調を壊してこちらへ帰っていた。爆心地近くにあった工場にいた人たちはみな死んだので、幸運だったと言えたが、その拡張型心筋症という病気のせいで、父は一生まともな仕事には就けず、辛い闘病生活を強いられた。

長崎は良い所かい？　ええ、坂が多いけど、田舎は田圃が広がってのんびりしてます。その日はこんな会話をして別れた。

それから何回かやってくる間に、友野は一人暮らしの孝介の茶の間に上がりこむようになった。昼近い時間だと、自然の流れで昼食も一緒に食べた。次第に孝介も、友野と一緒の昼を心待ちにするようになった。孝介は家事には慣れているが、料理は苦手なのだ。

人見知りの順一にも、会うとすぐにパソコンの話題で打ち解けた。一時間のはずが二時間を越える休憩になることもあり、孝介に促されてようやく腰を上げる。ああ、きょうの楽しみは終わりかあ……。大きな伸びをして言う顔は、どこかのねじが弛んだような緊張の欠片もない印象で、これで客を掴めるのだろうかと、内心孝介は思っている。だからといって、親から受け継いだこの二百坪ばかりの土地を売るつもりは、無論ないが。

「おい、時間が過ぎてるぞ」

ええ。孝介の声に頷きながら、友野は間もなく上がりますからと、一段と画面に身を乗り出した。

順一は弁当を三分の一ほど残したまま、友野の傍でぼんやり画面を眺めている。メタルフレームの眼鏡をかけた順一の、弛んだ口元から前歯が覗く。まだ六十にもならないのに、順一の歯は前歯の数本を残すのみだ。口を開けると隙間だらけの黄ばんだ歯が、底なし沼の朽ちかけた柵のように傾いでいる。

順一の病歴は長い。鬱がひどくなると歯を磨く気力も無くなり、虫歯になっても放ったままで、ようやく歯医者に行ったときには手遅れになる。よく我慢できるなと、歯痛に弱い孝介は思うが、鬱の時は痛みも感じなくなるそうだ。順一は、長年向精神薬を飲んでいると歯が溶けだすから、長く精神科に通っている患者はみんな入れ歯だと言う。ぼくは、そんな誤魔化しはしないと、暗い底なし沼を広げて笑う。

歯のない順一は海苔弁ばかり頼む。友野や孝介はから揚げも焼肉も好物だが、きょうはたまたま三人の気が合った。

孝介は友野と順一の様子を横目に見ながら、自分で淹れた番茶をゆっくりと啜った。友野が弁当と一緒に持ってきた週刊誌を開く。これも孝介の楽しみの一つだ。

孝介が国民年金を貰えるようになるにはまだ八年近くある。親の残した金を少しずつ取り崩す暮らしでは、たとえ週刊誌でも気楽には買えない。かといって、間もなく退職するような歳で、今更世間に出て就職をする気はない。病弱な両親を抱えて家事一切を切り盛りし、今まで生きてきた。両親を無事に送り、ようやく自由になった人生だ。金はないが時間はたっぷりの、この自由を、当分は楽しみたい。

ヒュー、チャリン。最後の電子音がパソコンの漏らす溜息のように茶の間に流れ、友野のゲームは終った。

「きょうの昼休み終了しました。ありがとうございました」

軽くお辞儀をするとネクタイを締め直し、上着をつかんで、友野は玄関に向かった。営業用の鞄は玄関に置いたままだ。傍にあると寛げないと、友野は言う。営業など知らない孝介は、そんなものかと思う。

玄関の閉まる音を待っていたように、順一が言った。

「もう入らないから、片付けて良いよ」

「ずいぶん残したな」

「うん。あいつが買ってくるのは、量が多いんだよ。きっと大盛りなんだ」

孝介は軽く笑った。

「そんなことあるもんか。おれにはちょうど良い。お前の胃袋が小さいんだろう。……また調子悪いのか」

「うん……ちょっと眠れない」

「ちゃんと、薬飲めよな」

ああ。空気の抜けるような返事をして、順一は冷めた湯飲みを取った。

孝介は弁当の残骸をポリ袋にまとめた。順一が差し出す湯飲みを受け取り、三個の湯飲みをまとめて、ポリ袋と一緒に台所へ運ぶ。

湯飲みを片付けていると、順一の声がした。

「帰って寝るよ」

「薬は忘れずに飲むんだぞ」

孝介は、ノートパソコンを重そうに抱えて玄関に向かう順一に、追いすがるように声をかけた。コトコトとささやかな音を立て、順一は戸の向こうへ消えた。

友野が玄関で立てる音と順一のそれとの違いに、孝介はいつも二人の持つ生命力の差を感じる。二十代と五十代という年齢の違いがあったとしても、それだけでは説明しきれない差だ。孝介はたぶん、その中間くらいの音を立てていると思う。

順一は孝介の二つ年下で、物心ついたときには順一の姉の鏡子と三人で遊んでいた。幼稚園、小学校、中学校と同じ学校に通ったが、高校はそれぞれ学力に合った進路へ別れた。鏡子は地元の短大を出て街の大きなデパートの店員になり、孝介は実業高校を出て小さな印刷会社に就職し、一番勉強の出来た順一は地元の国立大学へ進んだ。

順一の母親は、孝介の母と出会うたびに息子自慢をした。二人続いた娘の後にようやく生まれた一人息子だった。

順調だった順一の学生生活は、二年の終りごろから変調を見せ始めた。講義を休んでばかりで、家でごろごろしているという話が伝わり、順一の母親は孝介の母に出会ってもすぐに逃げるように家に入ってしまっていた。やがて内科を受診している、いや神経科だ、心療内科だと、母親と二人で病院に通う姿が見られるようになった。その頃には、順一の病気が鬱病だと分かってきたが、母親も順一も入院を嫌がっているらしかった。

春の乾いた風が吹き荒れる夜、順一はその日処方された二週間分の睡眠薬を一度に飲んだ。救急車で運ばれ、そのまま入院した。精神科の病院で三ヵ月余り過した後、茫洋とした顔付きで帰ってきた。お帰りと声をかけると、薄い膜がかかったようなどろりとした目が、宙を彷徨うように孝介の顔を一撫でした。子供の頃からの活き活きとした利発な瞳の輝きはすっかり消えていた。

順一は、孝介の視線を避けるように太陽に背を向け、骨の浮いた肩を落としてそそくさと家に戻った。暗い深海に蠢く軟体動物のように芯のない動きだった。

なんだか蛸みたいにぐにゃぐにゃになって戻ってきたねえ。眉を曇らせて孝介の母は言い、孝介も同じ印象で、精神病の恐ろしさを目の当たりにした思いがした。

それから今日まで、入退院を繰り返しながら順一は自宅で暮らしている。生まれつき足が悪く病気のデパートのようだった孝介の母と違い、小柄ではあったが健康で働き者の順一の母親は、病弱な一人息子の世話を高齢になるまでやり抜いた。その苦労に、退職後間もなく脳梗塞になり、寝たきりの夫の介護も十年ばかり加わった。

二年前に、長い近所付き合いだった三歳下の孝介の母が亡くなると、さすがに気落ちして見る間に衰えが目立ってきた。見かねた二人の姉の説得で、ようやく息子の傍から離れて、関西の長女の下へ移る決心をした。次女の鏡子はこの街に嫁ぎ、何かと母親を手伝っていたが、夫の両親と同居していた。

ずいぶん遅いが、これで順一も親離れをするのかと思っていると、無邪気に言った。

「心配しないでも、鏡子姉さんが世話してくれる。ぼくを放っておかない約束で、母さんはあっちに行ったから。鏡子姉さんは料理が得意だから、孝ちゃんも期待してよ」

ふにゃふにゃと動く順一の口元を見ながら孝介は、何が期待だ、誰がお前の心配なんかするかと胸の内で言った。同時に、鏡子がやってくると聞くと少し心が動いた。鏡子とは若い頃多少の経緯があり、それが孝介の人生のささやかな彩りになっている。

友野の休日は火曜日だ。お客の多くがサラリーマンなので、週末は現地案内で忙しいらしい。

その火曜日。Gパンに格子柄の長袖シャツ姿で現れた友野は、茶の間に上がる間もなく立ち上がり、孝介に言った。

「では、始めましょう」

友野は孝介の差し出す麦藁帽子を被り、軍手を持って庭に降り立つ。スーツを脱いだ友野の若々しさに少し気後れしながら、孝介は縁側から言った。

「本当にやるのか」

「当然です。営業に二言はありません……なんて、別に営業目的ではありませんけどね。草取りが好きと言ったのは本当です。昨日は嬉しくて、仕事に身が入りましたよ」

先週の金曜日、昼食後のお茶を飲みながら、友野は庭に目を遣り言った。

「夏までに草取りをしませんか。僕で良かったら、やらせて下さい。いつも休ませて貰っているお礼です」

孝介は驚いて友野の顔を見た。目が真剣だ。

「本当かい？　大変だぞ。一日や二日では済まない。腰も手も痛くなる」

先刻承知、というように友野は頷いた。

「ええ。分かってます。ばあちゃんの手伝いでよくやったんです。僕、本当は植木職人とか農業とか、植物をいじっていたかったんですよね。けど、何となく無難に大学を出て、サラリーマンになったんです。それほど強い意思がなかったということなんですけど、今でも営業で回っていて、あちこちの庭の植木につい見とれてしまうんです。好きなんです。草取りも苦になりません。この庭の草、ずっと気になっていたんです、やらせて下さいよ」

そんなに言うなら、頼もうか。孝介は半信半疑で頷いた。

敷地の大半を占める庭は、この春に七回忌を済ませた亡父が造りあげたものだ。この土地の地主一族の末端に連なる縁で、何とか公民館の仕事にありついていた父は、孝介が高校に入ると間もなくその仕事も辞めなければならなくなった。自宅で寝たり起きたりの暮らしの中で、父は好みの庭を造ろうと思い立った。土地には十分な余裕があり、自宅療養の無聊を慰めるつもりの庭造りに父は次第にのめり込み、専属の庭師を雇い、専門誌を読み漁り、日夜構想を練った。

仕事を辞めたとき、遠縁の者に預けていた田畑を売り払い、その金で生活は保障されたが、贅沢をする余裕はなかった。手間賃を惜しんだ庭師は三流、あちこちに配置した石も有り合わせ、庭木は小さなものを植えて、じっくりと育つのを待った。

その貧相な庭に、あるとき庭師が持ち込んだ石灯籠が気に入り、父はさまざまな形の石灯籠を集めるようになった。細長いもの、ずんぐりしたもの、踊るように傘が跳ね上がったもの、角張ったもの、丸いもの。楓の根元、躑躅の傍、小さな築山の頂上、並んで植えた松の間。配置も統一感も何もなかった。同じ形の灯籠は一つもなく、少し変わったものがあると聞けば、何とかして手に入れようと苦心した。もうこれ以上置く場所はありませんよと庭師が言っても、聞く耳を持たなかった。

父は集めた二十三基の石灯籠に番号をつけた。執着する割にはぞんざいな呼び方がおかしかったが、妙な名前を付けられるよりはましだと、母と孝介は陰で言い合った。体調の良いときにはのんびり庭を巡りながら、優しく灯籠を撫で、何事か独り言を呟くのが日課だった。

病状が進んでいよいよ寝たきりになった父は、ベッドで上体を僅かに起こし、オペラグラスを目に当て、始終灯籠を見ていた。五番と十二番に蜘蛛の巣が張っている。蔓が巻きついて苦しそうだ。野良猫が小便をかけた。早くきれいにしてやれ！　夢か現かわからない繰言に、母は始終振り回されていた。

父の意を受け、庭を這うようにして草取りをした母は、父が亡くなると、もう体が動かんと庭に出なくなった。見かねて孝介が草取りをしたが、すぐに音を上げた。以来、父の石灯籠は、生い茂る雑草の中に半ば埋もれている。一番、二番、三番、いや、みんな機嫌が悪い、早く草をむしって来い！　鶏小屋に君臨する雄鶏そのままに、皺深い首を伸ばし喉仏を震わせて叫ぶ父の声がたまに聞こえる気がするが、放っておけばすぐに消えた。


初めて庭を見たとき、友野は白い歯を見せ、声をあげた。

「すごいですねえ、この庭。こんなだったんですか。想像もしてなかったなあ。本当に、この辺りの家は塀が高くて、中に入って見なければ何があるか分かりませんねえ。……しかし、この石灯籠はすごい。町中の石灯籠が集まって、会合でも開いているみたいだ。それとも、いろんな動物が叢で隠れん坊をしているのかなあ」

やんちゃな少年が宝物を見つけたように、友野は身を乗り出した。見慣れていて思いもしなかったが、言われてみればそんな気もしてきた。まさか父が、動物園のつもりで灯籠を並べたとは思えないが、もしかしたら父はこの沢山の灯籠と遊んでいたのだろうかと、ふと思った。

友野が草取りを始めると、隠れん坊をしていた動物たちが姿を消し、父の執着した石灯籠が、次々と往時の姿を現し始めた。

友野の草取りは勢いがある。まず、丈のある草を両手で抜き取り、根がはびこった草は右手で持った熊手を素早く動かし左手で抜いていく。いつも昼食時に見せる長閑な様子はなく、リズミカルに両腕を動かし一心に地面に生える草を排除していく。中腰の姿勢も様になっていて、よく草取りを手伝っていたという話は本当らしかった。

友野の進んだ後には、どんどん茶色の地面が拡がっていった。疲れを知らない集中力で、僅かな休憩を入れて三時間ばかりで、縁側に近い一帯の草取りを終えた。

庭を驀進していく友野の姿を追う内に、孝介は次第に落ち着かない気持ちになった。

「もう十分だよ」

孝介は、汗の滲む友野の背中に言った。

「あとはおれがゆっくりやるから。貴重な休日じゃないか」

え、というように、友野は孝介を見上げた。

「まだ、こんなに残っていますよ。ぜんぜん疲れてないし、昼食が済んだら、続きをやりますよ」

「いや。もう、このくらいにしておこう。今は疲れてなくても、明日になるとあちこち痛くなるぞ。

いくら若くったって、急に根を詰めたら体に悪い。汗びっしょりだし、シャワーを浴びて来いよ。着替えはあるんだろう。その間に昼飯の用意をするから」

おまえが草取りをしてくれるなら、昼飯は庭で網焼きでもしようか。孝介は言っていた。

父が亡くなって弔いが一段落した頃、思い立って長い間倉庫にあった七輪を持ち出し、母と庭で網焼きをした。父がいたら、肉や魚を焼く煙を庭に流すなど、とんでもないことだったが、戸外での網焼きは、煙もにおいも風に流れて美味しさだけを味わえる爽快な食事だった。

意外にも母は肉を好んだ。父がいた間は、濃い醤油色の野菜や魚の煮付けばかり食べていた。お父さんに付き合っていただけ、もう何でも好きなものを食べられる。軽々と母は言い、柔らかい牛ひれ肉の塊をおいしそうに頬張った。そのような贅沢はめったに出来なかったが、簡単で美味しい炭火焼は二人とも気に入り、干物や貝や鶏肉など何でも焼いた。どこもかも丸く肉の付いた母は糖尿病で、いけないと言われながら甘いものは死ぬまで食べ続けた。好物の饅頭も硬くなると焼き網にのせ、目を細めて齧りついた。

昨日、孝介は久しぶりに倉庫からコンロを出し、網を洗い肉や野菜や炭を準備した。母が亡くなって以来、絶えてなかった網焼きの支度に孝介の心は弾んだ。若い友野の食欲を思い、奮発して沢山の食材を揃えた。

孝介に促されて、友野は名残惜しそうに浴室へ消えた。こんな古家でも浴室は今どきの若者の使用に耐えるはずだ。父が亡くなった後、ようやく自由に使えるようになった金で、母のために浴室とトイレを新しくした。

炭を熾しながら、孝介の気持ちは沈んでいく。なぜ友野に草取りをさせたのか。後悔が苦い胃液のように胸中に湧いた。この庭は体の自由を奪われた父の王国だった。思うように生きられず、無念を抱えてベッドに縛り付けられた父の思いをかけて造り上げた庭だった。ありふれた和風の庭に不揃いの石灯籠が林立した、見るものを落ち着かない気分にさせる庭は、ねじくれた父の心情そのままだった。父が亡くなり、母は草取りを忘れ、生い茂る雑草に覆われた庭は、むき出しの輪郭が崩れて、一面の草の上を風が吹き渡る荒れ野のようなありさまになった。見るものを落ち着かない気分にさせる庭は消えて、病に苦しんだ父の無念の思いを、繁茂する雑草が優しく慰めているようでもあった。孝介は思い立って、庭のあちこちに薄を植えた。秋には銀色の穂の塊が緑色の海に浮かぶ綿雲のように揺れ、その上に昇る月の光は冷たく冴えた。

満月の夜、月光を浴びて蹲る石灯籠の陰に孝介は父の姿を見た。

父の思いを込めたこの庭は、母と孝介以外の者に手を触れさせてはいけなかったのだ。迂闊にもそれを忘れて、きのうきょう知り合った若者に草取りをさせてしまった。ついうかうかと、友野の人懐こい笑顔に乗せられてしまった。他人の世話にならない。体の不自由な両親と孝介と、三人で力を合わせて必死に生き抜いた日々を、決して忘れてはならなかった。両親を送り、一人暮らしになって二年。父の七回忌と母の三回忌を終えたばかりなのに、もう、これほど緊張が弛んでしまったのかと、愕然とした。何が石灯籠の会合だ。何が動物の隠れん坊だ。

安売りの炭はなかなか熾らず、薄い煙が立った。その煙が滲む涙で大きく揺れた。

縁側を踏む足音がした。孝介は炭に汚れた手で、素早く目をこする。

「さっぱりしました。久しぶりに良い汗をかきましたよ。まだあんなに残っているから、来週またやらせてください」

孝介は喉にせり上がる熱いものをぐいと呑み込んだ。

「もう良いよ。あんまり草がなくなると、親父が生き返ったみたいで落ち着かない。適当に草のあるほうが、好きなんだよ」

タオルで濡れた髪を拭いながら、友野は怪訝そうに孝介を見て、驚いた。

「顔に炭がついてますよ。火がつきにくかったですか？　あ、でも、もう焼けますね。腹減ったなあ。まず、鶏肉とウインナーとたまねぎとホタテを……」

みなまで言わず、友野は手掴みで網の上に食材をのせる。孝介もタコやエビやピーマンを網の上に並べた。

孝介は氷で冷やした発泡酒をバケツから取り出した。

「ご苦労さん」

「うわ！　サイコー」

軽く会釈をしながら冷たい缶を受け取り、友野は一気に飲み干した。白い喉仏が空を仰いで上下して、若い頬に汗が流れた。

孝介は発泡酒の缶を唇に当て、一口含んだ。ゆるい苦味が口中に広がる。友野と違い、汗もかかずに飲む酒が美味いはずはないと腹で笑った。父の怒った顔が浮ぶ。罰が当たったたのかもしれない。

故郷へ戻った父は、生まれつき足の悪かった母と、遠縁の者の世話で結婚した。どちらもまともな体ではない「厄介者」同士の結婚だった。結婚を機に分け与えられた田畑も、親戚に頼んで耕してもらい、わずかの借地料と米や野菜を手にした。

両親は、祖父母が建てた家を譲られた。住む家があるだけ恵まれているとも言えたが、小さな神社の鎮守の森を中心にした集落の殆どが同じ姓を持ち、辺り一体の土地を所有していた。その集落のはずれで、孝介の両親は身を縮めるようにして生きてきた。じりじりと火に焙られるように病に侵されていった父は、僻みっぽく簡単には人の好意を受け入れない、陰気な人間になっていった。母もまた幼い頃から悪い足をからかわれ、苛められて大きくなった。

孝介を身ごもったとき、周りから産むのを反対された。そう体が弱くてはちゃんと育てられないだろう、また足や心臓の悪い子が出来たらどうする、と。父の病気は家族性で、多くは男子に現れるものだが、親戚の男たちは心音に多少の異常があるくらいで済んでいた。みな普通の社会人として健康な妻を娶り、健康な子供たちを持っていた。遺伝は父だけに露になった。父は弱気になったが、母は命にかけても立派な子を産んでみせると決めた。丈夫で心優しい女の子をください。ひじり神社に願掛けをして、毎朝お参りをした。

どうしても子供が欲しかった。自分たちの味方が欲しかった。お腹を痛めた子なら、自分たちをきっと助けてくれると信じた。男の子が生まれてがっかりしたが、必ず病気になるとは限らないからと思い直して、必死で育てた。

幼い孝介は、繰り返し母から聞かされた。

母の弱い股関節は、お産でいっそう曲がってしまったが、五体満足な孝介を抱くと足の痛みも不自由も吹き飛んだそうだ。

それから、父と母と孝介は高い塀を巡らした家で、身を寄せ合って暮してきた。寝たきりになった父の看病は、足が悪いうえに糖尿や高血圧の持病のある母には難しく、孝介の力がなくては始まらなかった。孝介は子供の頃から、健康診断でいつも心電図の異常を指摘された。幸い、今はまだ大丈夫だが、いずれ父のようになる日が来るだろうと心の底で思っている。換気の悪い職場で体調を崩したのを機に、孝介は印刷会社を辞め、両親の世話をして生きていこうと決めた。他人の手を借りることは初めから念頭になかった。父にしては思いきったことだが、孝介に僅かばかりの給料を払った。息子の世話にならざるを得ない父の、せめてもの意地だった。

数度の危機を乗り越え、酸素ボンベの世話になりながらの自宅療養が無理になり、父は国立病院へ入院することになった。これが最後の入院だと、口には出さないが、みな分かっていた。入院の前日、父はどうしても庭へ出たいと言い張り、母にも懇願され、孝介は骨の浮き出たチアノーゼ色の父の体を背負った。意外にも父の体は孝介の背にずしりとのしかかり、孝介は全身でその重みに耐えた。

休息をとりながら、石灯籠の一つ一つにようやく別れを告げた父は、孝介の背からベッド上に崩れ落ち、激しく胸を上下させた。

やがて息を整え、金はあると、掠れた声で父は吠えた。

「あいつらには負けん。金はある。おれが死んでも大丈夫だ……」


あのときの父の声が孝介の耳を打つ。

孝介はまた、苦い酒を一口含んだ。

「焦げてますよ。早く食べないと」

唇を獣脂で光らせながら、友野が言う。

「ああ」

孝介は生返事をした。そろそろ順一が来て良い頃だ。

くぐり戸が軋んだ音を立て、腰を屈めながら順一が現れた。いつものようにパソコンを右脇に抱え、左手には電気釜を下げ、じゃりじゃりと下駄を鳴らして近づいてきた。

孝介の頬が緩んだ。

「やっときたか。呼びに行こうかと思ったよ。お前の好きな、イカもかぼちゃも焼けてるぞ」

順一の持ってきた電器釜を開け、孝介はおにぎりを握り始めた。孝介の家より順一の家の米が上等だ。今朝、順一に米の炊き方は知っているのかと聞くと、それくらいは出来るよと返事が来た。鏡子姉さんが無洗米を買って置いてくれるから簡単だそうだ。無洗米は高いが、鏡子の夫は地方銀行の支店長だ。じゃあ、五合炊いてくれ。そんなに沢山？　食べきれないよと順一は言ったが、お前じゃない、若い友野が食うんだよと応えた。

次々とおにぎりを作りだす孝介の手元を見て、友野が感嘆の声をあげる。

「上手いですねえ。ちゃんと角がある」

「ああ。おれはずっと主夫だったから」

出来たおにぎりを網に並べた。醤油を少しずつ垂らしていく。

「これが一番美味い」

「キャンプを思い出すなあ。よく近くの海岸でやりましたよ。魚や貝を採って焼くんです。あれは、うまかった」

「おまえ、幸せな子供時代だったんだなあ」

「普通ですよ。キャンプくらい、みんなやってますよ」

友野はまた、プシュッと缶のプルトップを開けた。

普通って、なんだ。孝介は網の上のお握りを裏返す。おれには関係ない言葉だ。

順一が台所から水のペットボトルを持ってきた。順一は酒は飲まない。二リットルのボトルを傾けて水を飲む。薬のせいで喉が渇くと、しょっちゅう飲んでいる。

焼きおにぎり五個を平らげた友野は、茶の間に上がり込み順一のパソコンを開けたが、すぐに横になり軽い寝息をたてた。

孝介はコンロの始末をする。順一は友野が開いたままのパソコンの前に座った。いつもの上海ゲームの間延びした電子音が響く。順一は同じゲームを飽きもせず繰り返す。

子供の頃から読書好きで大学も文学部に入った順一は、時間があると本を読んでいた。本の読みすぎですね、勉強ばかりしているから鬱になったのでしょうと主治医に言われたと、順一の母親は近所に言って回った。あんまり勉強するのもいけない、お宅の孝ちゃんのように勉強嫌いな方が健康でいられると言われて、孝介の母はしばらく機嫌が悪かった。

五年ばかり前に、まるで子供におもちゃを与えるようにパソコンを買ってやった。あの子も少しは世の中が広くなるかと思って。高かったでしょうと驚く孝介に、ころころと笑いながら、順一の母は言った。順一はすぐに使いこなすようになり、一日中、インターネットの検索やゲームをしている。たまに文章を書いたりもしているが、プリントしたものを見せられても、孝介にはよく理解できない。


うたた寝から醒めた友野を見送りついでに、順一と二人で外へ出た。途中、ひじり神社の辺りで友野と別れた。一分も歩けば地下鉄の駅への降り口がある。

昼下がりの境内には人影がない。鳥居の奥に目をやった孝介は、声を呑みこんだ。数本の大木に囲まれた小さな社が、異世界から出現したように見慣れない姿になっている。

孝介の傍で、順一が声をあげた。

「タコ神社が、変な色になっている」

そうだ。社の朱塗りの壁が、赤とも濃い桃色とも言えない妙な色に塗り替えられている。

二週間前に見たときには変わりなかった。

「下品な色だな」

これは盛り場にあるラブホテルのカーテンの色だ。孝介は幾度か入ったことのある、派手なネオンの緑色のビルを思い浮かべた。

「このあいだ自転車で通ったとき、落書きがあったんだよ。変な形の。ほら、二十世紀少年とかいう映画があっただろう、あのマークみたいな。驚いたよ。ぼくたちは神木には登っても、そんな罰当たりなことはしなかった」

「うん。でも、おまえ、そういうわりには、タコ神社なんて言ってるじゃないか」

「愛称だよ。ぼくの神社に対する愛情表現だ」

「タコ好きだもんな」

この神社はタコに似ている。ある日、大きな地図を持って玄関に現れた順一は、すごい発見をしたように孝介に言った。孝介の膝の前に新聞大の地図を広げ、順一は小さく震える指でひじり神社を示した。

この神社から、細い路地が何本もくねくね出てるだろう。タコの足に見えないかい？

うーん。そう言われたら見えなくもないな。

孝介は仕方なく頷いた。否定されると順一はいつまでも言い続け、閉口する。これまで何度もそういう目にあい、順一が熱に浮かされたように言い出したことには出来るだけ逆らわないようにしている。それ以来、順一はこの神社をタコ神社と呼ぶようになり、孝介は黙ってそれを聞く。先祖代々、神社の氏子を継いでいる孝介は、タコ神社などと呼ぶ気にはなれない。

順一は鳥居をくぐり、参道の脇にある黄色いラクダの遊具の背にひょいと尻をのせた。メタルフレームの眼鏡の奥で、二つの目が灰色のガラス玉のように光った。孝介もつられて傍へ腰掛ける。三人乗りの遊具のある白砂が敷かれた辺りには、いつも幼い子供連れの母親たちが屯している。今は昼寝どきなのだろう、神社に続く路地にも人の気配はなく、大楠の樹上を過ぎる風の音ばかりが聞こえる。遊具のある遊び場の反対側には、車の轍が何本も走っている。

「木がずいぶん痩せたよな」

「……うん」

今更、言っても仕方ないと、孝介は思う。

二人にとってこの神社は懐かしい場所だ。

子供の頃の境内は鬱蒼とした木立が生い茂り、闇はずっと深くじめじめとして、昼間でも一人で入るにはちょっとした勇気がいった。何があるかわからない少し怖い境内で、順一も孝介もよく遊んだ。到る所に隠れ場所があり、誰がいつ仕掛けたか分からない落とし穴があり、叢には大小の岩が転がり、木登りに格好の枝振りの木が目の前にあった。

樹齢千年を誇る神木の大楠は、神社近くの路地から見上げると、連なる民家の屋根越しに小さな森のように見える。境内に入り、ようやくそれが一本の楠の作る樹形だと分かる。今もまだ、その大楠だけは昔の姿を保っているが、樹勢の衰えは明らかだ。秋になるとはるかな頭上から金色の羽を降らせていた大銀杏は、十年ほど前に落雷で燃えてしまった。


ひじり神社の秋祭りの夜に、お前はできた。

幼い頃、孝介は父によく聞かされていた。傍にいる母も頷き、暗がりで顔もよう分からんでお酒も入っていたし、後でお父さんと知ってびっくりだったと、続けた。昔は季節ごとの祭りも盛んで、それが娯楽の少ない時代の最大の楽しみであり、若者の出会いの場にもなっていたそうだ。普段から気のある二人は示し合わせ、そうでない者たちも何とか相手を見つけ、境内の闇に守られながら、若者たちは無我夢中でことを終える。昼間だったら、まず、こうはなっていない。神社の主のわだつみの神さんはいたずらもんで、お日さんが顔を出すと、ちがう、あんたじゃないと、ひと騒動あるのが祭りの翌朝の恒例になっていた。やがてあちこちで娘の腹が大きくなり始める。そうすると、俄かに祝言があって、数組の若夫婦が出来上がる。昔はそれで無事に収まったもんだ。

父は弱い酒で息を荒くしながら話し継ぎ、幼いなりに孝介は面白く聞いていた。間違いだというわりには、両親は決して仲の悪い夫婦ではなかった。

祭りの夜の話は、父の作り話だと後になって分かった。神社で祭りがあったのは戦前のことで、戦中戦後の混乱で途絶えてしまったと、氏子の長老で遠縁でもある島次郎じいさんが教えてくれた。お前の親はあんな体だし、なかなか結婚相手が見つからんかった。見かねて親戚の世話好きが二人をくっつけた、と。

あんな体と言われて良い気持ちはしなかったが、事実だった。

それまで神社を自分の故郷のように感じていた孝介は白けたが、島次郎じいさんの言う方が本当だろうと思った。なぜ、あんな嘘を父は言ったのだろう。気になったが、中学生になっていた孝介は、あえて尋ねなかった。

「ねえ、孝ちゃん」

肩を揺する順一の声に我に返った。

「きょうの孝ちゃんは、なんだか変だよ。友野と何かあったのかい？　元気がないよ。鬱みたいだ」

「ばか言え」

孝介は苦笑した。ぼんやりの甘ちゃんのようでいて、順一はときに鋭い。

「別に何もあったわけじゃないが、庭の草取りぐらい、おれができると思ってさ。もう親父もお袋もいないんだし。お役ご免の退職者みたいなもんだろう、おれは。だったら、何も他人に頼まなくて良かったと思ってさ」

順一は心得顔に頷いた。

「ずいぶんサービスしたもんなあ、あいつに。あんなごちそう奮発して、ビールまでつけて、食費何日分も使っただろう。大丈夫かなって、思ったよ。孝ちゃんは、友野に甘いよ。あいつ、可愛い顔してけっこう図々しいから。孝ちゃんは知らないだろうけど、あいつさあ、花江さんや徳さんの所でも見かけたよ」

鬱病から始まった順一の病気は、やがて躁状態も呈するようになった。躁になった順一は目つきが鋭くなり、落ち着きなく泡を飛ばしてしゃべりまくる。家にじっとしておれず、日に何回も自転車に乗って町内を回る。回り終わりに孝介の家のチャイムを鳴らす。朝でも夕でも時をかまわず鳴らすチャイムに、両親がいるときは苛立ったが、一人暮らしになった今は笑ってやりすごす。孝介に町の様子を報告して、順一の巡回は終る。

欝から躁にちょっと入った辺りの順一が、孝介は一番気楽に付き合える。今はどの辺りか、順一に会うたびに様子を伺っている。今はまだ少し、躁が足りない。

「そりゃあ、営業だから、あちこち家を回るさ。仕事だもの」

花江さんも徳さんも、大きな屋敷に一人暮らしの高齢者だ。どちらの子供も遠く離れていて、めったに帰ってこない。不動産屋の営業としては放っておけない客だ。友野は見かけによらずできる営業かも知れない。草取りに励む友野の意外な俊敏さを思い出した。

順一は大きな欠伸をした。

「そろそろ帰るか」

孝介は立ち上がり、鳥居をくぐる。ざくざくと砂を踏む下駄の音をさせて、順一が後に続く。順一は靴を履かない。自転車にも下駄で乗り、磨り減った二本の歯で不器用にペダルを漕ぐ。乗りにくそうで見苦しいが、順一は構わない。融通がきかないのもこの病気の特徴らしい。

「また、タコ神社の足が一本減るなあ」

順一は工事シートに覆われた右手の方へ顎を向けて言った。

「これで、あと五本だ」

工事中の路地には島次郎じいさんの屋敷があった。見上げるような屋根付きの門と、丸く刈り込まれた見事な槙がぐるりと屋敷を囲む、豪邸の並ぶ一帯でもひときわ目立つ家だった。神社の氏子代表でもあったじいさんは、父の亡くなる少し前に百歳で死に、五人の子供たちは莫大な遺産を巡り、それぞれ弁護士を立てて延々と争い続けた。その長い戦いにようやく決着がつき、大きな屋敷も、じいさんの丹精込めた庭木も、ユンボで薙ぎ払われて更地になった。一つの路地の殆どを占めていたじいさんの屋敷跡には、今大型のマンションが建築中だ。車一台がようやく通る路地は、真っ直ぐの二車線道路に拡幅された。

「また、タコ神社が自分の足を食った」

孝介に聞かせるともなく、順一は呟く。

「知ってるかい？　タコはストレスで自分の足を食うんだ。その食われた足は再生しない」

　そういえば前にもそんなことを言っていたな。順一のしつこさには逆らわないのが一番だ。孝介は生返事をする。

「へえ。神社にストレスがあるのか」

　順一は続ける。

「開発さ。押し寄せる都市化の波ともいえる。氏子が減って、神社のありがたさを分かっている人間が僅かになった。境内は駐車場になるし、路地にある代替わりした土地には、金儲けのワンルームマンションが続々建って、礼儀知らずの若者ばかり住んでいる」

「うん、まあ、その通りだな。暗がりでシンナーを吸う馬鹿もいたし。おかげで境内の木が伐られて、社が裸同然になった」

「おまけにあの色だ。止めを刺されたな、あれで。路地はやがて消える。この神社の寿命も長くはないね」

「簡単に言うなよ。おれは聖だ。代々の氏子の端くれだ。お前とはちがう」

「孝ちゃん。そういう考えが、神社を裸にするんだ。分からないかい？　よそ者のお前たちには関係ないって、上から見てるだろう。だから、新しく来た連中も神社を大事にしないんだよ。新入りを巻き込んで新しい祭りでも始めたら良いのに。そうしたらみんな、大事にするよ。閉鎖的なんだよ、この地主たちは。土地を売って金持ちになったのに。よそ者って言うのはさ、みな、その土地を買った連中なんだよ、おれの親も含めて。そのおかげで金持ちになったんだろうが」

「あの人たちは、そうだろうな」

おれのうちは違う。バブル時の地価高騰で、聖姓を持つ一族の者たちは、先祖から受け継いだ農地を手放し、代わりに一生安楽に暮せるお金を手に入れた。生活の保障のために早々と土地を売っていた父は、そのバブルの波から完全に取り残された。それが父の性格をいっそう暗く、歪んだものにした。あいつらには負けない。父は言い続けて死んでいった。あいつらとは特定の誰かではなく、自分たちを差別し見下した、世間全体のことだと孝介は理解していた。

順一の言葉はもっともだ。いまさら自分の姓を持ち出すのは滑稽なだけだ。順一の指摘はときに鋭い。秀才の片鱗はまだ残っている。

気分を変えて、孝介は言った。

「ストレスで足を食うとは、あんなタコにも悩みがあるのかな」

「嘘じゃないよ。サッカーの予想をするくらい、タコは知能が高いんだ。詩にも登場する。ちょっと怖い詩だけどね、さくたろうだ」

「さくたろう?」

「詩人の萩原朔太郎だよ。知らないの」

名前は覚えがある。

「忘れられた水槽で、餌も無く、腹が減って自分の足を食った蛸は、仕舞いには自分の体を全部食ってしまって、この世から消滅する。しかし、蛸は死んでいなかった。飢えた蛸の魂は水槽に生き続ける。死なない蛸の話だ」

「なんだ。タコの魂なんて聞いたことないぞ。死なない蛸って、ホラーみたいじゃないか。おまえそんなもの読んでたら、病気によくないぞ。本の読みすぎだ。俺は、本は読まないからな。肉体労働専門だから」

「うん。孝ちゃんは、おじさんとおばさんの面倒を最後まで、ちゃんとみたんだもんなあ。よく働いたよね。立派だよ」

「おまえ、いつ、そんなおべんちゃら覚えたんだよ」

「おべんちゃらじゃないよ。鏡子姉さんとよく話すんだ、孝ちゃんは本当に優しい人だって。順一も孝ちゃんに嫌われないように、良い子でいなさいって言われる。何かのときには、きっと助けてくれるからって」

　孝介は笑った。最近、妙に鏡子が孝介に愛想が良いのは、そんな下心があったのか。まだ気があるのかと誤解しそうになっていた。

「おまえと話していると、気が抜ける。そろそろ昼寝の時間だろう、帰って寝ろよ」

　孝介は、家の前で順一と別れた。


　梅雨に入って間もなく、大量の雨が断続的に降り続き、孝介は古家の手入れに追われた。熱湯に浸し堅く絞った雑巾で拭きあげても、床下から上る湿気はすぐに畳や廊下を覆いつくし、台所の壁や押入れに黴をつくった。洗濯物も溜まる一方だ。飽和した水蒸気が、今にも雫になって滴り落ちそうな室内に洗濯物を吊るし、二台ある扇風機を回した。掻き回された重たい空気は波のように揺れながら拡がり、汗まみれの孝介の体に粘ついた膜をつくった。まるで水中で水を掻き分けているような気分に襲われながら、孝介は灰色に沈む部屋で過ごした。僅かに覗く晴れ間に急かされて買い物に出かけ、食料を調達しては、また雨の膜の中に閉じこもった。

友野の手が入った縁側近くの庭の一帯は、瞬く間に草が覆い、茶色の地面は消えた。友野の草取りの痕跡はなくなった。孝介は雨に潤って成長する草の波を呆然と眺めた。

あれから友野は現れない。先日の電話では、路地に住む一人の老婆が亡くなり、残った土地の処分を任されたらしい。上手く仕事が取れた友野の、意気込む様子が電話口から伝わってきた。こいつはきっと、できる営業に成長するに違いないと、孝介は予感した。順一がタコの足と呼ぶ神社周辺の路地には、ざっと数えても一人暮らしの老人が七人ばかりいる。友野の仕事は当分安泰だろう。もう、孝介の家でゆっくりゲームをする暇はなさそうだ。またいつでも寄れよ。電話口で孝介は、さりげない調子で言った。

順一も姿を見せない。二週間、いや三週間かと、孝介は順一に会わない日にちを数える。鏡子が来ているような様子もない。

孝介は日に何度も、雨に煙る向かいの家の様子を窺う。神社から延びる路地が別の路地と斜めに交差する所に孝介の家があり、すぐ外側には二車線の道路が縦横に走る住宅地が広がる。その住宅地の始まりに、よく似た二階建ての木造モルタルの家が数軒、肩を並べている。戦後すぐに宅地造成された、それぞれ五十坪の長方形の敷地だ。庭を造るほどの余裕はないが、順一の家はブロック塀の周りに梅や槙や紫陽花や萩などが隙間なく植わっている。順一の母親が丹精を込めたもので、その密集した植え込みの間を小道が巡り、母親は毎朝、遮る枝を避けながらその小道に出て、それぞれの木に歌うように話しかけた。就職しないまま自宅療養を続ける息子に加えて、寝たきりの夫。いつ終るとも知れない看病の憂さを、そのようにして僅かに晴らしているのだろうと孝介は見ていた。

順一の母親は美人で気位が高く、子供の頃は仲の良い幼馴染の母親でもあまり親しめなかった。鏡子とは互いを意識しあった頃もあったが、母親は快く思わず、別の男性との縁組を勧めた。やがて家族に病人を抱える同じ境遇になり、順一の母親を見る孝介の目は反発と共感との複雑な色合いになっていった。その母親も老いて、いよいよ順一と別れて関西の長女の元へ旅立つとき、息子をよろしくお願いしますと孝介に深々と頭を下げた。小柄な肩が孝介の前でいよいよ縮こまり、白髪頭を支えながら小刻みに震えていた。孝介は思わず、わかりましたと答えた。以来、順一の行く末に多少の責任を感じている。

ようやく雨が上がった。孝介は大量の洗濯物を物干しに干し終わると、順一の家へ向かった。

木立に囲まれた順一の家は、水蒸気を立ち上らせる木々の中で、まだ庇から雫を滴らせて黒々と沈んでいた。不吉な予感が孝介の胸を襲った。

チャイムを押しても応答がない。睡蓮の鉢の奥から鍵を取り、ドアを開けると黴と生ゴミの臭いが押し寄せた。

「おい、おれだ。孝介だ。入るぞ」

声をかけ、玄関から続く廊下を進み、一息に順一の部屋を開けた。

強烈な臭いが固まりになって襲ってきた。薄闇の中で何かが動く気配がした。窓際のベッドに目を凝らす。ベッドの頭近くにあるパソコンの画面が、薄く光っている。その光を浴びて、順一の顔が浮びあがった。

孝介は部屋の明かりをつける。順一は眉をひそめ、眩しそうに目を瞑った。孝介は散乱するゴミをよけ、窓際に行きカーテンを開けた。窓に手をかけるが動かない。息を止め、腰をすえて思いきり引く。湿った木の窓枠は、軋みながらようやく開いた。ほっとして呼吸し、室内を見回す。黒い文字の印刷された白い紙がベッドを覆っている。ベッドの周りには、空のカップめんや割り箸、ティッシュの箱、タオル、スナック菓子の袋、ペットボトル、脱ぎ捨てた下着……。

「……消してよ」

声を呑む孝介の耳に、半ば紙に埋もれた順一の囁くような声が届く。

「電気を消してくれよ。まぶしいよ……」

孝介は仕方なく、壁のスイッチに手を伸ばした。薄闇に戻った室内で、順一はゆっくりと体を動かし始めた。細い手足が少しずつ向きを変え、上体が揺れながら起き上がる。まるで巨大なタコだ。孝介はベッドの上で動く順一を見ながら思った。湿気た不潔な空気を掻き分けるように蠢きながら、順一はようやく上体を壁に持たせかけた。

順一の様子がただならないことはひと目でわかった。

「病院へ行こう。鏡子さんに連絡するから、待っていろよ」

順一の返事はない。順一が持っているはずの携帯を探すが、見当たらない。孝介は仕方なく電話のある部屋へ向かった。

電話に出た鏡子は、主人が急病で倒れて、とても順一まで手が回らなかった、携帯に出ないので、孝ちゃんに様子を見てもらおうかと思っていたところだった、悪いが、病院へ連れて行ってもらえないかという。保険証と診察券のある場所を孝介に伝え、タクシーでかかりつけの病院まで連れて行って欲しいと、声を震わせた。悪いけど、料金は立て替えておいて欲しい……。

考える間もなく、孝介はタクシーを呼んだ。吐き気を催す体臭を堪えながら、半裸の順一に服を着せ、顔を洗わせ、靴を履かせた。急いで家に帰り外出の準備をし、やってきたタクシーに順一を抱えるように乗せた。三十分ばかりでついた精神病院ではすぐに入院となり、ひととおりの手続きを終えて帰ると昼を過ぎていた。

孝介は昼食を済ませ、順一の部屋の片付けを始めた。幸い他の部屋はそれほど散らかってはいず、順一はもっぱらベッドの周りだけでひと月近く過ごしていたらしい。ゴミをまとめ洗濯機を回し、掃除機をかけ拭き掃除を済ませて、パソコンに向かった。パソコンがつけっぱなしなのは気になったが、掃除が終らない内は椅子に座る気にもなれなかった。順一に聞いて、ひと通りの操作は知っていた。思い出しながらゆっくりとマウスを動かすと、やがて横書きの文字が現れた。

ある水族館の水槽で、ひさしい間、飢えた蛸が飼われていた。地下の暗い岩の影で……

孝介はすぐに思い当たった。以前順一が話していた、死なない蛸の詩だ。

……不幸な、忘れられた槽の中で、幾日も幾日も恐ろしい飢餓を忍ばねばならなかった。どこにも餌食がなく、食物が全く尽きてしまった時、彼は自分の足をもいで食った。……かくして蛸は、彼の体全体を食いつくしてしまった……蛸は実際に、すっかり消滅してしまったのである。けれども蛸は死ななかった。彼が消えてしまった後ですらも、なおかつ永遠にそこに生きていた。古ぼけた、空っぽの、忘れられた水族館の槽の中で。永遠に――おそらくは幾世紀の間を通じて――ある物すごい欠乏と不満をもった、人の目に見えない動物が生きていた。

繰り返し繰り返し、孝介は画面の文字を読んだ。涙が頬を伝った。死なない蛸。それは順一自身だったのだ。

あのとき、なぜおれは茶化すような返事をしたのだろう。なぜちゃんと話を聞いてやらなかったのだろう。なぜもっと早く、会いに来なかったのだろう。

順一は澱んだ水槽の奥に潜む蛸のように、誰にも忘れられた部屋で、ひっそりとこの詩を咀嚼していた。幾枚も幾枚も死なない蛸の詩をプリントし、その紙に埋もれたベッドで日夜暮した。ある物すごい欠乏と不満。この詞は、順一の遺言のように孝介の脳裏に刻まれた。

孝介は詩のプリントを一枚取り、帰宅した。

庭の草が限界まで丈を伸ばし、好い加減で草取りをしろという、父の怒りの声を夜明けの床で聞いた。梅雨明けで晴天が続いた二日目、まだ地面は柔らかく、雑草を抜くのには好都合だった。蒸し暑い草いきれの中で、孝介はぐいぐい雑草を抜いていった。順一は入院して一週間過ぎたが、病状が改善した様子はない。

必ず戻って来い。負けるな。負けるな。孝介は念仏のように呟いた。

庭の入り口辺りに人の気配を感じて腰を伸ばした。

友野だった。紺色の上着を片手に持ち、黒い鞄を提げている。白い半袖シャツからは、日に焼けた健康な腕がすっくと出ている。

孝介は目にかかる汗を拭った。

……まだ元気だったのか。

友野の目が言っていた。苔むした古い水槽に生息する、死にかけた生き物の様子を窺うような、冷静な観察者の眼差しを全身に浴びて、孝介は立ちつくした。

「死なない蛸」とはおれのことだったのか。突然、孝介は悟った。

友野から見れば、順一ばかりではなく孝介も、苔むした古家に生息する餓死寸前の生き物なのだ。

ではおれも、物すごい欠乏と不満を抱えているのか。

そうだ。おれも、おまえも、おなじことだ。孝介の背後で父の声がした。

月見草

山崎文男

「この鉢を一週間、預かってもらえますか」

「えっ」

「ただ預かってもらえれば、それで」

「でも、水を上げたりは……」

「水だけは、お願いします」

相手の俊江が車から持ち出してきたビニール袋を渡しながら言った。

その中身が花の鉢であったことに俊樹は驚いた。そればかりか一週間のお子守りをお願いしますと言われて、俊樹は正直なところ少し身構えてしまっていた。

「展覧会の当番の日に、ご一緒してもいいですか」

「ええ、それは」

「是非とも、ご一緒したいです」

前回の定例の絵画教室の後、俊江から声をかけられた時、俊樹はそんな誘いに驚いたと同時に、何か思いがけないことが始まるような妙な予感を感じていた。

が、その続きの先にはこんなことが用意されているとはとても考えられることではなかった。

「夕方には花が咲くと思います」

「夕方には……」

「きっと、花がそっと姿を見せると思いますので」

花の鉢を受け取る時に、俊江の右手の指先が俊樹の右手に触れていた。

ビニール袋の中身を気にしていた俊樹と謎かけでもするように花の鉢を渡す俊江との間には、その場の意識に少しずれがあったはずであった。が、それを承知でからみあった五十代後半の男の指先に三十前と思われる女の手が微妙な温もりを伝えていた。

でも、俊樹にはまだその本当の意味は分かっていなかった。が、俊江の指先が意識的に触れてきていることに特別な親しみを感じてしまっていた。

「この花、月見草といって、わたしの好きな花なんです」

「月見草……」

「ええ、月見草という花です」

そんな妖しげな会話を残して俊江は余韻まで加えてすうっと別れて行った。

でも、そこまで自然にできたそんなやりとりと会話には二人だけの特別な世界が用意されようとしていたとは神様でも知らないことであった。

その日、俊樹はビニール袋を大事に抱えて家に持ち帰った。

どこがいいのかあまり考えずに玄関脇にそっと置いた。

「それ、何ですか」

「一週間、預かって欲しいと頼まれたんだ」

「誰に」

「旅行に行くのに、一番の花時とぶつかって、もったいないからって。今夜あたりが丁度、花時なんだって」


俊樹は月見草がどんな花であるかを詳しくは知らなかった。

これまでは川原に咲く宵待草であると思い込んでいた。あの次々に咲く黄色い花であると決めつけていた。

そんな川原に群れて咲く月見草、あの宵待草には忘れられない遠い遠い日の苦い思い出があった。が、それは忘れてしまいたいだけの花でもあった。

まだ学生であった頃、受け取ったばかりの辛い別れの手紙を握りしめながら月見草の咲き乱れている川原に一人踏み込んだことがあった。周囲に人影のないことを確かめていた夕方の川原で、ただやたらに感傷的になってしまっていた。半時ほどしてはっと我に返った彼は目の前にびっしりと咲き乱れている月見草に気がついて手を伸ばしてみた。

太い茎から何本もの小枝が出ていて、その小枝の根元には一つずつ花芽がついていた。その花芽が先へ先へと咲いてはびっしりと実を結んでいる。一番先端にある蕾はまだ開花前であるがその下の小枝の蕾は開花時を迎えている。更に下の小枝の葉の付け根には咲き終わって結実したばかりの花が紡錘状の実になっている。そんな紡錘状の実は一番根元に近い実から少しずつ色を変えて頭をそろえるようについていている。下から上へと枝を伸ばして節を作って葉を付け、そこに花芽を作ってはまた伸びている。

川原の土手一面に群れを作って咲いている宵待草、それはそれはたくましい生命力を見せつけてくれた月見草でもあった。

「どうぞ、もっと大きな夢を描いて進んでください。男の人には夢が……」

その手紙は厳しい愛の鞭であることも読み取れた。同時に二人の関係を深めることもそれに逆らうこともできない自分の弱さを知らされた一文でもあった。

手紙を握りしめて川原まで来て座り込んでしまっていた。

細長くて厚い葉とラッパ状の黄色い花をびっしりとつけている月見草、ああこれが宵待草であるとばかりに、誰もいない川原で月見草に顔を寄せ、複雑な感情を忘れるためにその茎をぐっと引き寄せてへし折ろうとしてみたがそれは無駄な抵抗であった。手折ることはとても無理であると分かって諦めた過去があった。それが月見草であった。

これは月見草ですとはっきり言い切って大事な鉢を特別な想いを込めたように渡してくれた俊江に、

あの場ではその名前を確かめるために聞き返すことはできなかった。

それにしても月見草と言われても葉の形も違えば色も違う。背丈までが大きく異なる。しかも川原にあるあの野性のものではなく鉢ものである。

俊樹はああこれが月見草という花であるのかと、静かに自分に言い聞かせてみる。花の鉢を預けられたことにもあわてた。そればかりではない。俊江は今夕にはこの月見草はきっと咲くでしょう。と、その花時を迎えていることまで説明してくれていた。

そんな読みまでできている大事な鉢である。どうしてそんな大事な花を何の相談もなしに一方的に押し付けられたのかが分からなかった。

俊樹はもうここは問答無用とばかりに年齢を忘れて固まってしまっていた。


「枯らしてしまっては、大変ですよ」

「ああ、一週間位の水くれなら」

「それにしても、珍しいものを預かりましたね」

妻の幸世は生け花もすれば鉢の花を買ってくることも時にはあった。でも、夫の俊樹はそんなことに無関心というより、そんな余裕のないこれまでの生活であった。

そんな俊樹が珍しく買ってきた花の鉢ではなく、お子守りを頼まれたという月見草なる花を持ち帰ってきたのである。

そのことに二人は玄関先で一瞬の間を作ってしまっていた。

が、夫婦の間に不穏な空気が漂ってしまっていたというわけではなかった。

「今夜咲くというが、どんな花が咲くか、楽しみだね」

「ああ、月見草というから、可愛い花かもね」

俊樹はそこで息を止めた。

絵画教室の仲間からどうして夫が植木鉢を預かってきたのか。はいそうですかと夫がどうして植木鉢を預かってきたのか。そんなことを会話する余裕も問いただされることもなく月見草の鉢は玄関先に運び込まれていた。

そんなことから預けた仲間が誰であるかを妻から詮索されなかったことにほっとしている夫がいたのだった。

教室の仲間といっても男性ではなく女性である。しかも絵画教室の中にいるたった一人の若い女性である。いくら男女の仲は微妙であるといっても密かに好意を感じていることなどとても打ち明けられることではなかった。


夕方の七時を待つようにしてその月見草が開き始めるとは考えられなかった。

それがその七時を待っていたように玄関脇に置いた鉢に少しずつ変化が出てきていた。

一本のひょろひょろという感じで伸びている一番先の茎の上に蕾は一つあった。そこに長い紡錘状の花芽がついていたことには初めから気がついていた。

その花芽がわずかな時間の間に形を変えてふくらみ始めていた。

あれっと驚いている目の前で、まるでスローモーションカメラが回り始めたように、その花芽がゆっくりゆっくり開き始める動きを見せてくれていた。

俊樹は目を見張った。声を大きくして妻を呼んだ。

「ほら、見て見て」

「あら、本当だわ」

先程まで固く閉じていたはずの緑の花芽が開き始めている。ゆっくりゆっくりと四枚のそれも四角に近いハート形の白い花片が大きな花の形を作って見せていた。

予想を越えた白い花、それはそれは神秘的な世界そのものであった。

二人は目の前に展開された白い花の月見草の可憐さに、ただただ見ほれて同時にごくりと唾を飲み込んでいた。

幸世までがもう腰を浮かせて月見草のとりこになっている。

俊樹は花が開く瞬間そのものをこれまで見たことはなかった。

いや、かなり前に一度だけ職場の花好きな同僚に月下美人の開花の場に招かれたことがあった。写真でも見せてもらっていた花ではあったが、その豪華さに声を上げたことがあった。聞くと見るとでは大きな違いがあった。それはそれは不思議な世界であった。

一夜花、あの夜、そんな花の妖しさと哀れな世界に複雑な想いを覚えたこともあった。でも、それは予想できた通りのできごとであった。

また、テレビの画面で蕾から花に変わる瞬間の映像を目にしたこともあった。そんな覚えはあったが、目の前にある花の蕾が動き出す場面は初めてであった。

それに月下美人の豪華さと月見草の可憐さとには完全に異なるものがあった。

大げさではあるが、こんな神秘的で不思議な世界に誘われたことは俊樹には生まれて初めてのような貴重な体験でもあった。

毎月二回開かれる絵画教室は成人学級のように定着してきていた。

中央のある大きな美術会の正会員でもあるというY講師を中心に、定年退職前後の男性と子育てを終えた女性の集まりのような教室であった。全員に共通していることはこれまで特に趣味を持つことも趣味に時間をかけることも許されなかった仲間たちであるということであった。そんないい年をした仲間たちが生活に少しばかりの余裕が出て、油絵を描くことに興味を覚えて集まってきたというような仲間たちばかりであった。

仲間は四十名近くもいたが毎回きちんとそろって挨拶をするようなこともなかった。会場に来ると思い思いに用具を並べて続きを始めるという感じであった。家で続きをやってからという余裕などもなく、この教室にはちゃんと時間があってやれるからいいという仲間がほとんどであった。そんなことで他の仲間の作品にあれこれと注文をつける余裕などない人ばかりであった。それなら家でそれぞれが絵筆を持てばいいとなるが、こうして出かけてくることによって絵筆が毎月きちんと持てるからという仲間も多かった。

そんな中に紅一点のような存在で若い女性がいたことは俊樹も知っていた。

最初の印象はどこかで見かけたことのある女性に似ているなという想いであった。

それに加えて彼女の言動には少しはにかみに似たような素振りがあり、それが自然な仕草であることに好感を覚えていた。でも、俊樹の方から話題を作って持ちかけることはとてもできるような相手ではなかった。そこには大きな年齢差まであった。

会場は中央公民館の四階の研修室であり、第二第四の土曜日の午後であった。

Y講師がぐいぐいと先導するという教室の雰囲気ではなかった。基礎的なことでも聞けば教えてくれるという会であった。みんなが自己流に絵筆を動かして試行錯誤を繰り返して、それに自ら学ぶという教室であった。仲間とのあれこれ問答ややりとりが優先されるのでもなかった。互いにもうすっかりでき上がりつつある個性、もうすっかり固まってしまっている我執を大事にしながら、趣味の油絵に取り組んでいるという老人たちの集まりを是認する雰囲気を持つ会でもあった。

Y講師から課題が与えられることも基本的な手順が示されることもなかった。

各自が家でもできる絵筆との対話であった。それを会場と曜日が決まっていて仲間もいれば更に継続的にできる。そのことに狙いがある教室であることを承知で、誰でも気軽に参加できるからいいとしていた。

題材も決めてというより各自が好きなものを選んでいた。中学時代の美術で学んだ静物を選んでいる者もいた。花が好きで描いている人もいた。建物を追っている人もいた。

俊樹は風景画が好きで画いていたが、その構図にはいつも迷っていた。

みんなは絵筆を持つことができて、ただそれで満足しているようなところがあった。

そんな油絵を描くことに興味のある者たちの集まりであったから必要のない元の職業や年齢などは問わないという暗黙の了解があった。自分から身の上のあれこれを語ることは自由であっても、相手のことをあれこれと興味半分で問いただすことは御法度であった。

俊樹もそんな仲間意識であったから目の前にある作品について問われれば、重い口をはさむこともあった。が、目と目でなかなかいい感じですねと会話する程度で用が足りていることが多くて、ここをこうすればどうかなどと進言できる勇気まではなかった。

そんな中にもの静かに絵筆を持っているただ一人の若い女性がいた。

その女性については独身のＯＬであるかも知れないというそんな憶測が流れていた。でも、それは本人の耳にも届かない小さな声であった。つまらぬ風聞を立ててせっかくの若い仲間を失うことは損であることを知っている大人たちでもあった。

俊樹にとって俊江の存在が初めから気になってならなかったわけではなかった。が、横顔にどこかで見たことのある女性の頬線が走っているなとそんな意識を持っていたことは事実であった。それに年配者の中にあっては若い女性は派手に立ち回らなくてもやはり目立つ存在であった。でも、若いのにその言動が常に控え目であり、その動きが自然体である俊江には、好感を持ってしまっていた俊樹であった。

特別にという感じで彼女の存在を認めていたわけではなかった。が、そのことについてはっきりした気持ちをと問われれば、若い女性に嫌われるよりはいい関係でいたい。失礼なことをして避けられるよりはという男の下心がないでもなかった。

いや、いつの間にか内心では好感を持っていなかったといえば嘘になるまでに、彼女が姿を見せてくれることを期待している例会日になっていた。

仲間たちはそれぞれに油絵を描くという目的を持って集まってきていた。そんな仲間たちであったから仲間の会員の一人と特別な関係を結ぶことも、喧嘩やもめごとを起こすことも御法度であることをわきまえていた。

絵画教室は油絵を描くことを楽しむ会である。個人的な感情を持ち込んで誤解を生じてはならない。個人的な感情は他で処理する。そのことも分かっていた。それでも互いに好感を抱いている感情を無にすることは難しいことであった。その一つにこんなことがあったことも打ち明けなければならない。

それは実を言えば名前に共通点があった。そのことに特別な親しみを覚えてしまっていた。

作品を並べるのではなく、俊樹と俊江というそんな表札が並んだらと考えて苦笑したこともあった。そんな親近感に加えて俊江が若い女性特有の妖しさを漂わせていることにやはり男としての一方的な下卑た感情を抱いていたことも事実であった。

「この葉の緑、少し変かしら」

「どうかな」

「一枚一枚、みんな違っていて、いい感じだよ」

「一枚一枚に、そんな感じが出ていますか」

少し離れた位置にいた俊江が絵筆を止めて声をかけてきたことがあった。俊樹は絵筆を置いて改めて俊江の絵の前に立ってみた。

これまで他の男性会員ともあまり会話もしていなかった俊江が肩を寄せるようにしてきた時、俊樹は自分の方から話しかける話題もなければ勇気もなかったことなどすっかり忘れて彼女の作品と向き合っていた。

「どの葉も生き生きしていて」

「でも、この葉はどうかしら、何かものたりない感じがして」

「重なり合っている感じも良く出ているし」

俊樹は俊江と並んで俊江の作品を覗いていたがそれでは不自然かなと思って位置を変えては絵と向き合ってみた。目を細めて睨み付けて大きくとらえてもみたが、助言につながるような答えは他には見つかりそうにもなかった。

前から見ると葉の重なりが実にていねいに色付けされている。とても自分では表現できないまでに工夫されていることにも気がついて言葉に詰まった。

「この葉の重なり、わざとらしくないですか」

そう右手を出した時、その右肩が自然な形で右側にいる俊樹の腕に触れていた。それは場違いでなく娘が父親に甘えるポーズであり、それほどまでに馴れ馴れしいやりとりでもあった。でも、それは周囲の誰にも知られない教室内でのできごとで終わっていた。

「しっかり見てないから、ダメなのかしら」

その問い掛けにそう答えを考えたが、それにもすぐにはまともな返事が出なかった。

「写真ではないから、それでいいじゃあないかな」

俊樹は自分の言葉に驚いて立ち尽くした。

「このあたり、とってもいい感じじゃあないですか」

ちくはぐな会話であったが、相手の心情を受け止めることができていたと思った。

「展覧会には、これを出したいと考えていますが」

「いい作品じゃあないですか」

「でも、自信がないから、本当は今回は止めておこうかと思って」

「そんなことを言われると、私なんて……」

そこで二人は言葉を濁して、いたずらっぽい顔をして小さな笑いを作った。

絵画教室には一年間に何枚の作品を仕上げるという約束はなかった。何号の作品でなければという
こともなかった。ただ年一回の展覧会には作品を提出しようという呼びかけだけがあった。
俊江は花の世界をこれまで追求してきていた。俊樹は風景画を何枚も描いてきていた。それぞれが
それぞれの世界を求めていた。みんながそれぞれに異なる世界を追っているからやたらには口出しな
どできなかった。いい大人であって相手の立場をちゃんと立てることもわきまえている仲間であるか
ら長続きしている。
「どんなに、良く見ていても……」
「絵と写真は、違うものですから」
「写真は正確であっても」
「絵は付け加えや省略があっても」
こんな会話はいくらしても意味がない。助言としての効果もない。平行線である。
素人は素人であるところで満足しなければならない。その満足は妥協であることも承知であり、仕
方のないことであることも分かっている。
ここでY講師に筆を加えてもらうとさすがだなということになる。講師に手を入れてもらうことは
簡単である。それでは前に進まないことになるから自己流を是としている。
「その人なりの持ち味が出れば」
「もう、それは十分に出ていますよ」

そんな会話をしながら俊樹は相手が自分の娘のようでもあり、会員仲間の女性で、場違いな会話も許される異性ででもある気がして俊江を受け止めるようになっていた。

教室の展覧会は一週間であった。

当番は会員の都合を一応聞いてからということになっているが名簿順にとなっていた。都合の悪い者は直接当事者同士で相談して交代するということにもなっていた。

時間にゆとりのある人は毎日の顔出しも自由である。年一度のことであるし教室としてはお祭でもあるから例会とは異なるにぎわいも期待したいとなっている。

俊樹は名簿順に金曜日の当番を引き受けていた。そして、火曜日の当番であった俊江が仕事の都合でという申し出で変更してきていたことは知っていた。

そんなこともあって当日、どんな会話ややりとりができるのかそんな期待がないでもなかった。が、それは別問題で慎むべきことであった。そんなこともあって他の仲間六人とで当番を引き受けていた。

いつもの教室ではおしゃべりはままならない。展覧会中は絵筆を持つこともできない。

それでも年配者の男性四人と女性二人に若い女性という組み合わせでは朝から夕方までお茶を飲んでおしゃべりばかりというわけにはいかなかった。

当番といっても来客の接待というより火気を含めて会場の保安管理が仕事であった。

そんなことから例会当日は仲間の作品も横目で眺めているという感じであったが、ここはとばかりにゆっくりと見ることができた。

「月見草だから朝まで咲いているのかしら」

「そうかな」

「このまま咲いているとしたら」

二人は完全に月見草の変身ぶりに圧倒されてしまっていた。

ひょろひょろとした茎であった。その先端に紡錘状の蕾がついていた。その蕾の緑のがくへんの中身が黄色でも桃色でもなく白であったことに先ず驚いた。それもまるで羽化したばかりの紋白蝶の羽のような輝きであった。わずかに丸みを帯びてはいたが四枚の花片は精いっぱいに手を広げている感じであった。あんなに細長かった蕾が紋白蝶のサナギのように変身していたことが不思議でならなかった。今にも舞い出すかとも思われるまでに美しい蝶に生まれ変わって月見草の花としてその姿を見せてくれていた。

「いくら美しくても、朝までは見ていられないわ」

「まあ、神秘的な瞬間も見たから」

鉢を離れた二人はいつものようにテレビに視線を戻していた。

何も寝ずに番をすることもないだろうと月見草を横に置いてしまっていた。

しばらくして月見草を見た俊樹はその花の中央に雌しべがあることに気がついた。その雌しべは花を支えている茎の上部に管のようなものを置いていて、そこから立ち上がっていた。それを発見した彼はそこに目を凝らした。その雌しべの先端にはまるで風車のような四つの突起があった。その雌しべを守るように管の周囲の部分から八本の雄しべがそれぞれ一つずつ棒状の花粉塊をつけていることを発見して唸ってしまった。

俊樹は考えてもみなかった自然の営みの世界がそこにもあることを知った。

雌しべの構造はより確実に受粉するという仕組みそのものであった。そればかりか雄しべの本数にはより確実に受粉の役目を果たすに必要な量があった。他家受粉ではなく自家受粉を強いられている。そんな月見草には子孫を守るために特別な知恵がそこにもあった。

月見草の雌しべが花の中心部分から立ち上がっている。そこが管になっていて卵子としての役目を担い精子を受け入れやすくするために蜜を置いている。それは動物たちの営みと同じである。そんな花の仕組みがあったことを発見して俊樹は目を再びこすった。

そんなところまで俊江は観察していて、そのありのままの姿を俊樹に伝えたくて月見草の鉢を預けたのであろうか。それはとんでもない身勝手な空想であった。が、彼はそんな想いにもう一つの許されない淫らな想いも重ねてしまってにやりとしたのであった。

俊樹はそんな不思議な世界に初めて気がついてはっとした。自然界で生き残るために生物としての生命の不思議さがそこにはあった。生物が子孫を残すということは大変なことであると改めて考えた。そんなことまで考えて子宝に恵まれなかった妻にはちょっと話せない発見までしてしまったなと自分に言い聞かせてみた。

十時を待って床についたがすぐには眠れそうにもなかった。

どうして俊江が月見草を預けたのかを改めて考えてみたが分らなかった。

会員の中には女性もたくさんいる。男性の中にだって盆栽などに興味のある人もいるだろう。そんな人を探して預けた方が良かったかも知れない。

密かに好意を寄せていたことが伝わっていたのだろうか。そんな虫のいいことを考えてみる。でもそれは強欲もいいところである。自惚れもそれまでであることも分かっていてその回答は見つかりそうにもなかった。

少しうとうとしてからそれでもと十二時を過ぎて小用に立った俊樹は鉢を覗いた。

今を盛りと咲いている月見草の楚々とした花を確認して安心した。

珍しく二時にも三時にも起きてそっと覗いてみた。でも、大きな変化はなかった。

朝になって六時前に起きた。その足で鉢を見た俊樹は驚いて大声で幸世を呼んだ。

あの純白の花びらが見事に淡いピンクに変色していたのだ。それはそれは実に神秘的な変化であった。

ああこれが月見草なのだ。

あの可愛い花、白い花。それが一夜の内に色をピンクに染めていたのだ。

俊樹は唸った。俊江がどうしてわざわざ花時だといって預けたのか、それは禅問答のようでもあったが、その理由が少し分かったような気がした。

展覧会の当番が一緒だった。金曜日であったので土日にかけて旅行に出るのに都合が良かった。そう単純に考えた方が良かったかも知れなかった。でも、好きな花といって丹精をこめて育ててきた月見草の花時を知っていながらそれを置いての旅行は辛かったろう。

そこで絵画教室でキャンパスを並べている仲間に預けることを考えた。

誰かに是非とも月見草の花を見て欲しいという想いがあったのだろう。

その時である。俊樹は肩を叩かれたような気がして振り向いたそこに俊江の笑顔が浮いていて顔を赤らめたのだった。

「この花を白にするか、ピンクにするか迷っているの」

「白か、ピンクか……」

俊江が描いていた絵が月見草であったとは、俊樹には想像もつかないことであった。

「この花、白からピンクに変わるんです」

俊江がそんな独り言を言いながら絵筆を動かしていたことを思い出した。

月見草の鉢を前にして改めて月見草を見る。

そんな会話をしたことがあった。が、その本意がきちんと読めていなかったことを呼び戻して恥じてみたが遅かった。

月見草は一夜花である。夕方にゆっくり開花を始めた花が時間をかけて白い花として姿をみせる。その白い花びらが八時間余をかけてピンク色に変わる。その間に雌しべが伸び雄しべが伸びてそれぞれの役目を果たす。そこにはあまりにも神秘的に自然界の営みがあった。

生物としての子孫繁栄という営みを一夜にしてみせてくれた。開いて閉じる。そんな月見草の花がピンク色の花びらをまるで袋を閉じるようにつぼめて見せた時、そこには植物とは思われない別の姿があった。

夢を見ていたのではない。

絵画教室の仲間から思いがけない花の鉢を預かってしまっていた。しかもその鉢の月見草という花は予想をはるかに越えた形で花を咲かせて見せてくれていた。

俊樹はここはとばかりに月見草の鉢を見直した。

鉢の中央に植えられた月見草である。その枝先は昨夜開花した花がまるで生物としての営みを終えたことを誇示するかのようにピンク色の妖しげな皺と塊を作っている。それは実に隠微ではあったがあのくのいちの陰部そのもののようにさえ見える形をしている。

俊樹は月見草に語りかける。長い一本の線の幹から幾本もの細い枝が出ている。その先には大きさの異なる蕾が幾つもついている。昨夜咲いた花に続いて今夜にでも二番目の花は咲くのであろうか。そんな蕾があり三番目に咲くと思われる蕾もあった。

一週間の間に次々と咲くのであろう。それにしても少し小さい蕾もあるなと勝手に予想を立ててみる。俊江は今週が花時であるからそんな一週間であるからと繰り返していた。が、これだけある蕾をみんな楽しませてもらうわけにもいかないなと、すっかりとりつかれてしまっている自分を知って月見草に微笑みかける。

絵画教室は二週間後である。その前にどこかで会って返さなければならないことになったら、それは残念なことになる。預かることが思いがけないことであったから返すことも急であっても仕方のないことである。でも、それはちょっと淋しいことになるなと思う。こうなったらできるだけ手元に長く置いておきたいなと思う。次の教室の日まで待ってもらえれば十分に楽しむことができるなと自分に言い聞かせてにやりとする。

月見草の鉢を前にして自問自答する。

どうして俊江が花時の月見草を預けてくれたのか。どんなに考えても自分が相手として選ばれたのかそれが分らなかった。と、そんな問いかけをした時、俊樹は耳に残っていた俊江の声にはっとした。

「勧められている縁談があって……」

俊江が独身であるということは考えられることであった。ここで結婚をして教室から足が遠のくことになればそれは寂しいことになってしまう。

いや、そんなことがあるにしてもどうして月見草の鉢を預けたのだろう。

もしかすると俊江は月見草の化身であった。教室では仮の姿を見せていたがその正体をここにきて現そうとしたのか。

「どうしても、そっと甘えてみたかったの」

空耳ではない。はっきり俊江の声が耳元でしたのだ。

「この緑の葉には白い花、それともピンクの花、どちらがいいですか」

「それは自分の好きな色の方で……」

あの時、それはただ謎めいた会話でしり切れに終わっていた。

あの描いていた花が月見草であることがやっとはっきりした。それればかりか花の色が白からピンクに一晩の内に変化することも分かった。

でも、その先にどんな謎かけがあったのだろう。

そう考えて身震いまでした俊樹はあわてて周囲を見回して固まってしまった。


俊樹たちには子供がいなかった。絵画教室で会える俊江にはいつの間にかすっかり好意を寄せてしまっていた。もしも俊江がいいというなら養女として迎えることだって可能である。そんな自分がいたことも事実である。縁談話が嫌いであるなら養子縁組をして家に来てくれてもいいとさえ考えていた。それほどまでに娘でもあり若い恋人、いや愛人でもあるような感覚で接することさえしてきていた相手であった。

俊樹の頭の中にとんでもない考えが次々に浮んでくる。

絵画教室で知った若い女性から花の鉢を預かった。その花は花時を迎えている月見草であった。月見草には二種類あったのだ。

あの川原で見た宵待草はびっしりと黄色い花をつけていた。しかもその花は根元から枝先へ枝先へと咲き上がっていく花であった。そこには野性の強かさにも似た頑丈な茎があり芯の太さがあり、辛い思い出だけがからみついていた。

でも、俊江から預かった月見草は一番先端の蕾から下へ下へと蕾を大きくしていく花であった。しかもその花は紋白蝶が孵化したばかりのような輝きを帯びているような白色であった。それが生物としての営みを進める中でピンク色に染まって見せた。そこには鉢物としてのまとまりばかりか品位さえあり、妖しい誘いがあった。

同じように夕闇を待って咲く花ではあった。が、その雰囲気には大きな差があった。

俊江が預けてくれた月見草は予想をはるかに越えた演出をしてくれて、眩しいまでの白い花として開花して見せた。それから恥じらうようにピンク色にその色を変えて見せた。そればかりかその間には生物としての営みを演じて見せてくれた。

「水をくれてくださいい……」

「どうぞ、わたしを……」

それは俊江が月見草の化身であることを教えてくれようとしたことであったのか。

月見草の化身でもあった俊江が教室から抜け出して月見草として開花して見せた。花時を迎えていた月見草は華やぐことのできるひと時を、そっと愛でてくれる相手の前で舞い狂ってみせたいと相手を選んだのであろうか。

俊樹は優柔不断な男である自分を鼓舞してここはとばかりに立ち上がった。

鉢を返すことはできない。手折ることもできない。蕾を摘み取ることもできない。

でも、今なら簡単に独り占めすることはできるぞとばかりに可愛らしい月見草の花をしっかり抱きしめたいと月見草の鉢に手を伸ばしていた。

ミッドナイト・コール

和田信子

もしもし、千枝子ですが。

ほうい、千枝子さん。

友木のハイは、ほうい、に聞こえる。いつだって機嫌よく弾んでいる。弾んだあとに、こちらの様子を窺うようにふっと黙る。

受話器の向こうの友木に、もっと近づきたくて音量を大きくする。電話機から零れるように聞こえてくる声に、ようやく安堵する。

対面して話すときはそのままの声で充分なのに、電話の声には貪欲になる。人は声だけで話しているわけではなくて、顔が見えているときは身振りや表情で補っているから満足度が違うのだろう。

千枝子さん、今日も一日お元気でしたか。

はい、ありがとう。

体調はいかがですか。

ええ、まあまあねえ。今日も血圧が低かったの、眩暈がして、ちょっと驚いたけど、いつものことだから……。

電話機に表示された通話時間は三分三十四秒を過ぎた。そろそろ終わりにしようと思う。

低血圧は本態性のものだ。友木に訴えなくても心配のないことくらい判っている。血圧の話なんかしてもしょうがないのに、友木の声を聞きたいだけで喋っている。

脳の前頭前野を支配されると振り込み詐欺にあいやすいと、テレビの番組でやっていたのを見たことがある。取るに足らない話だとわかっているのに、ただ声が聞きたいと思うのは、すでに脳のどこかの部分が支配されているのかしら。

「あまり夜更かしをすると身体に毒ですよ、そろそろお休みになりませんか」

「そうだわね、友木さんの声を聞いたら安心しました。夜はなんだか胸騒ぎがして苦しくなるの、こうしてお話していたら落ち着きました。ありがとう」

「では、おやすみなさい……」

それが友木の癖で、語尾を低くのばして電話は切れた。

有料のナイトコールが終わり、電話台に備え付けたメモ用紙に、四分二秒と書き留める。月末、友木からの請求書が届くので、そのときの確認のために記入している。

このほかに、室内家具移動、電球取替え、浴室清掃、河畔ドライブ……、先月、友木に支払った代金だ。

すべて時給なのに、ナイトコールだけは分単位で、一分で百円が請求される。言われるままに払っている。

友木とは、夫が事故死したときに千枝子の代わりに上京してもらって以来のつきあいだ。

千枝子は大腿骨骨折で入院中、手術の前日だった。まったく動けない仰臥状態のときに友木を紹介してくれたのは、病室を清掃に来ていたおばさんだ。

なんでも請け負ってくれますよ、私の古くからの知り合いの甥なんですけど。便利屋っていうんですかね、このごろ始めたんです、いえ、会社なんかじゃありません。一人でやってます。大手の電器メーカーに勤めていたんですが、転勤ができない事情で会社を辞めたんです。それで便利屋になったんですよ。人柄はいいです、間違いないです。

おばさんが太鼓判を押した。

「私はこうして病院で働いてますからね、まあ、事故や怪我は別に珍しいことではないですけど、奥さんが入院中にご主人が交通事故で亡くなるなんて……」

ベッドの下にもぐらせていたモップを引き抜くと壁に寄せ、おばさんは立ったままのその位置で、南無阿弥陀仏、南無阿弥陀仏……、と小さな声で呟き合掌した。いつもはお喋りなひとのようだが、さすがに言葉をつまらせてモップを引きずって出ていった。

遠く離れた東京での自動車事故は、歩行中だった夫を撥ねたあと、車が電柱に激突して、運転をしていた男も即死だったという。

看護師長から手渡された電話の子機を取り落としそうになり、横から支えてもらった。電話は板橋警察署からで、夫の死亡が告げられた。驚きの方が先で、まだ哀しみがついてこないのに涙はかってに溢れてきた。

あの前後のことは、一部消し飛んだように記憶が途切れ、接続の悪い電波のようにときどき繋がる。上京してくれることになった友木が慌ただしく病室の千枝子を訪ねて来て、仰臥したままの手を支えてくれ、いくつかの書類にサインをした。間近で覗きこむように見た友木の目は少年のように臆病そうで落ち着きがなかった。三十半ばと聞いていたが、気弱そうなこの男に夫の死の後始末を任せるのかと、身動きできない我が身が不甲斐なく、声も出なかった。

そこからまた記憶がぷつんと折れたように落ちる。多分、夫の死を告げられたショックを和らげるために、その日、処方された精神安定剤、翌日の手術中の麻酔、その後に続く手術後の鎮痛薬の影響だろう。

いきなり遺骨を抱えた友木に繋がる。

看護師長の好意で、術後三日目の身体を一泊だけ個室に移してもらい、そこへ友木が、大きな布製のバックを提げておずおずと入ってきた。

一人部屋の病室にはソファとテーブルがあり、そのテーブルにいかにも重そうなバックを友木が置いた。それからいったん入口に戻り、後ろ手にその扉を閉めた。観察が必要な病人のために、それまで扉は開け放たれていたので、急にしんと静まったような室内でバックのジッパーを開ける音が、裂くように響いた。

中から木綿の唐草模様が覗き、その風呂敷をどけると、さらに白い布地に包まれた骨箱が現れた。

友木はその布の一方をはらりと広げた。桐の木の匂いが微かにして、木箱の片隅が覗いた。

「東京の骨壺は、よその自治体のより大きいんだそうです。骨灰、全部残さずに持ち帰らないといけなくて……東京はやっぱり世知辛いところです」

千枝子は物も言えずにいるので、友木が気を遣うように一人で喋った。

「中を確かめられますか」

四隅の布が除けられ、桐の箱の上蓋を友木が軽く持ち上げると、白い陶器の縁がちらりと見えた。

「いえ、あとで」

急いで首を横に振った。骨箱の中の骨を見たら、夫の死を確かなものとして受け入れなければならないようで怖かった。

まだ信じたくなかった。友木がいなくなったら一人でひそかに開けてみようと思いながら、ベッドの上からテーブル上のバックを見ていた。

一人部屋とはいえ、人の出入りは避けることのできない病室に、あからさまに骨箱は置けず、友木が運んでくれた辛子色のバックをそのまま借りた。

ひそかに開けて見るそのときを一刻延ばしにしているうちに、骨に触れている夢を見ていた。うつらうつらしながら、手術で外された自分の大腿骨頭と、夫の太い脛の骨を抱いている夢だった。

目覚めると、扉の外の廊下はすでに慌ただしく人の行き来する朝の気配がしていた。

昨夜おそくに飲んだ鎮痛薬の効果が薄れたのだろうか、腰から下が猛烈に疼いた。

ノックの音がしたので、約束していた友木がもう来たのかしらと、はい、と答えた。

入ってきたのは看護師だった。他の病棟からの応援か、あるいは休暇でも取っていたのか、千枝子には見覚えのない若い女性だった。

「リハビリは……」と言いかけ、彼女は、ワゴンに乗せてきたパソコンの画面と千枝子の顔を交互に見比べた。

テーブル上の骨箱のことは聞いていないのか、何も言わない。

師長さんは？　千枝子が訊くと、今朝は研修で出張、病棟に来るのは午後からだという。

ベッドからテーブルまで手を伸ばせば夫の骨まで届きそうな距離だ。起きるのを手伝ってもらい、触れてみようかと、あの……と呼びかけた。

体温計を見ていた看護師が、はい、と顔をあげ、いきなり、昨日のオシッコとお通じの回数は、と訊ねた。

虚を衝かれ、ああ、たしか、あの……。狼狽えながら、七回と……、お通じは、ありませんでした、と小さな声で答えた。

カンショクは？　との問いに、まったく食欲がないのに、間食なんかするわけないじゃないか、と返事も出来ずに黙っていた。聞こえていないと思われたのか、さっきよりも高い声で、お食事、全部食べましたか、と問い直された。

こんな時だというのに、ここでは全部食べることを完食というのだったと思い出した。ほんとは、ほとんど食べていなかったが、半分くらい……と言った。

いまの数値を、指掬きも鮮やかにパソコンに入力し終えた看護師は、ワゴンを押して出ていった。これで、骨をあらためる機会を逃したと、言い訳のように千枝子は思い、そのことにどこかほっとしていた。今はまだ信じたくない甘えを自分に許しておきたかった。

看護師と入れ替わるように友木がやって来た。

病室にいつまで骨箱を置くわけにも、誰もいない自宅へ戻すわけにもいかない。友木が彼の知り合いの寺へ預ける手配を調えてくれていた。

事故直後の現場へ身元確認に出向いてくれたのは、八十六歳になる東京在住の夫の兄だ。損傷の激しかったという遺体の火葬は、この兄と友木が葬儀社や役所と対応してくれた。

いま、焼き場から戻ってきたと、夫の兄が電話をかけてきた。

千枝子さんが元気になるまでこの骨を預かってあげられるといいのだが、自分は肺気腫を患ってい る、私も明日がわからない。実のところ、あれがほんとうに弟だったかどうか、顔は見ていないんだ。包帯でぐるぐる巻かれていたからね。でも、右足の甲にある傷跡でわかったよ、あれは子供のころ私と遊んでいて怪我をしたときのものだ。

夫の兄は生涯独身で都営のアパートに住んでいた。

東京へは夫と二人で何度か行ったことがあるが、その都度、ホテルをとり、兄のところに泊ることはなかった。何年か前、空港へ見送りに来てくれて一緒に食事をして以来のご無沙汰だ。

電話口で義兄は言った。

遼に知らせることはできないのか。

息子の遼と連絡が取れるくらいなら義兄さんに頼みはしなかったと胸のうちで思ったが黙っていた。

夫は常々、おれが死んでも式も戒名も不要、と言っていた。千枝子はそのたびに嗤った。

何を気取っているの、そんなことは、よほどのお金持ちか偉い人がいうことよ。うちあたりでそんなことをしたら、お坊さんが呼べなかったと言われるのがせいぜいだから、そんなわけにはいきません。

しかし、友木に引き取りに行ってもらい、遺骨が戻ってきても、千枝子はまだ入院中で動けなかったし、親戚と呼べるのはこの兄だけで、彼は、自分はもうお別れはすんだから、あらためて九州まで行くのは遠慮させてもらいたいと言ってきた。

千枝子には青森に妹が一人いるが、脊柱間狭窄症で出歩けない。もう十年近く顔を合わせたことがない。

一番知らせたい一人息子の遼とは連絡がとれない。どこにいるのか、あの子は二十歳のときから行方知れずである。むろんこれまで八方手を尽くして探した。新聞の尋ね人欄には毎年彼の誕生日に、連絡待ちます父母、と載せ続けた。いなくなってから十二年と三ヵ月がたつ。

今回、夫が東京へ行ったのも、遼を見たという人に会うためだった。

庭石に躓いた千枝子が、大腿骨を骨折して三日目、家で電話を受けた夫が千枝子を見舞いに来て言った。

「遼の情報にはもう何度も振り回された、上京はあんたの手術が無事にすんで、歩けるようになってから考える」

救急車で運び込まれても手術室も医師のスケジュールもつまっていて、手術は十日先が予定された。それまで抗生剤と鎮痛剤を投与されながら身動きもならぬ状態だった。

東京からの電話は、遼と同じ予備校に通っていたことがあり、今は小劇団で芝居をしているという男からだったそうである。

芝居がはねたあと、客の見送りに立ったロビーで遼と話したという。遼だろう、と呼びとめたら、人違いでしょうと笑ったけど、あれはきっと遼クンだと思うんです。ちょっと痩せたかなって感じだったけど、遼クンも予備校をやめたあと、シュールな芝居に首つっこんでたことがありましたから……って。

「え、そうなの？　シュールな芝居ってどんなのかしら」

千枝子はベッドの上の顔を夫の方に向けた。

「芝居が好きだなんて、一度も聞いたことなかったなあ」

夫も憮然とした顔で天井を仰いだ。

遼の連れらしい女が小走りについて行ったけど、あの女となら連絡がつくかもしれません、たしか、来世の生まれ代わりを説く何とかいう教団の布教に熱心な女です。

電話をかけてきた男は言ったそうである。

会ってきてちょうだい、私は大丈夫。

夫に上京を勧めたのは千枝子だ。手術までにまだ七日あるわ、それまで、ただベッドにじっとしているだけ。手術の前の日までに帰って来てくれたらいいわ。遼を忘れずに私たちに電話をくれた友だちに会ってきてちょうだい。どんな些細なことでも知りたいと伝えてきてほしいの。私たちの思いが、どこかで遼に繋がるかもしれないわ。

それが、夫まで失う結果になるとは夢にも思わなかった。

夫は、あんたの手術が終わってから、と言った。あのとき上京を勧めなかったら、偶然、暴走してきたその車に撥ねられることはなかったはずである。あのとき、ああ言わなかったら、と胸の奥を噛むような悔やみを、無理やり蓋をするようにねじ伏せる。

遼と暮らした長崎の家は、夫の転勤で福岡に移ったあとも誰にも貸さずそのまま空けてある。

いつ遼が帰って来ても移転先が分かるように、福岡の住所を何枚も墨書して玄関を開けてすぐの正面、居間の壁、トイレのドアに貼り付けてきた。鍵は昔のままの約束事で灯篭の中に隠してある。

夫の定年後は長崎に戻るつもりでいたが、彼には心臓の持病があった。長崎の家は坂の上だし、福岡で巡りあった相性の良い主治医のいるこの地に退職後もとどまった。

長く暮らさなかった福岡では、夫の死を心から悼んでくれる人も思い浮かばない。会社を辞めたあとだったから仕事絡みの義理で人が押しかけてくるということもなかった。ほんの数人に事情を知らせて、骨を預けてあるお寺に回ってもらっただけで、千枝子は病院のベッドで夫の四十九日を迎えた。

図らずも夫が望んだ葬式不要を実行できたことになる。


リハビリを含めて三ヵ月かかり、ようやく退院すると、家の周り、庭といわず裏といわず、ところかまわず草が勢いよく伸びていた。千枝子と夫が丹精していた花壇を縁どる煉瓦も、草に蔽い隠されて見えなくなっていた。

遼が居ないことにはそれなりに馴れていたが、自分が入院するまでここにいた夫がいないことを納得するのは難しかった。

夫の姿を家の中に探した。杖にすがり、壁伝いに、寝室、書斎、トイレと、すべての扉を開けてまわった。閉じ込められていた澱んだ空気が、黴臭く漏れ出し、たちまち息苦しくなった。

しんと物音のないキッチンに立ち、鈍く乾いたシンクと水道の蛇口を見ていると、喪失感に身体が震え、倒れそうになり、慌ててシンクの縁を掴んだ。

病院で遺骨を横に置いて寝たあの日よりも、夫の死は、はるかに身近でやりきれなかった。

棚の上の夫が開封したボトルからウイスキーをほんの少しグラスに垂らし、気付け薬のつもりでひといきに流しこもうとしたら、噎せて、ついでに酸っぱい胃液があがってきて吐いた。

退院にあたっては介護の認定を受け、帰宅後はヘルパーが派遣されてきたが、荒れてしまった庭の手入れまではしてくれない。限られた時間内で命に直結する食と住だけが彼女らの仕事のようで、それ以外、草一本抜いてくれない。

どうせ食欲もないのだから、調理の手間をほんの数分だけ省いて、その分、門扉の脇に目立つ草を引いてはもらえないかしら、と小さな声で頼んでみたが、決まりですから……、と向こうをむいたまま振り返ってさえもらえなかった。

雑草はまるでヘルパーさんに対抗するように、翌日からさらに勢いよく茂り、それが居間からの眺めとなった。

室内は蒸し暑く、三日も雨の降り続いた午後、夫の遺骨を運んでくれた友木から、あれ以来の電話がかかった。

「もうすぐお盆ですね、よろしかったらお寺へご一緒しましょうか」

こちらの気がかりを見計らったようなタイミングだった。

翌々日、久しぶりの晴れた日に、市の東部、遺骨を預けてある寺まで、友木の車に乗せてもらった。

車の乗り降りも、本堂に上がる幅広の板の数段も、友木の手を借りた。

お経をあげてもらう間、千枝子は住職が用意してくれた椅子に座らせてもらい、友木はその足元の座布団にいた。

盆明けに正式にこの寺の納骨堂に一基を買うことで話が運び、住職に見送られて外へ出ると、掃き清められた境内の一隅に大きな菩提樹があり、そこから夥しい数の蝉の声が聞こえた。

駐車場までの僅かな距離を、そろそろと歩いただけで汗が吹きだし、千枝子は倒れこむように後部座席に座った。

「今日はほんとにありがとう。ずっと気になっていたの」

「いえ。いつでもどんなことでも遠慮なくまたお呼びください」

友木は愛想良く言い、前を向いて運転をしている首を軽くこちらに振り向けた。

「草取りなんかもお願いしていいのかしら」

「ええ、もちろん」

電器メーカーにお勤めだったそうね、と紹介してくれたおばさんから聞いた通りに言うと、ええ、と短く答え、しばらく黙った。

「会社は辞めましたけど……」

信号が赤になった。並んで停車している隣の車の助手席から耳の長い犬が舌を出してこちらを見ている。

「在宅で出来る仕事を少し回してもらってます。夜中にまとめてパソコンで処理しています」

つまりその仕事だけでは食べていけず、かと言って便利屋稼業も千枝子のような客がそう毎日いるわけでもなさそうだった。


翌日、さっそく友木が来てくれた。門扉の横の茂るにまかせた黐の木の枝を払い、庭にまわって垂れ下がった木香薔薇の枝も切り落としてくれた。それだけでも見違えるようにさっぱりとした。それから、ツバ広の帽子の顎紐をくくり直した友木は黙々と草を引きはじめた。

昼時になると、ちょっと車の中で昼飯にしてきますと、家の前に駐車させた車に戻っていった。

退院後、千枝子は勧められるままに、ヘルパーさんの来ない日の昼食を宅配の弁当屋に配達してもらっていた。丁度その車が来たところに友木が出くわし、手渡されたらしく、弁当の入った発泡スチロールのケースを提げて引き返してきた。

「私の車、お宅の前に停めてたので、お弁当屋さんが駐車しにくいみたいでしたから、預かってきました」

「ありがとう、まだ足が不自由だから、こんなお弁当を配達してもらっているの、食欲もなく、たいがい飽きたけどね」

「仕方ないですよ、またそのうち元気になって美味しいものを作れるようになりますよ、あ、よかったら私も車の中は窮屈だから、ここでお邪魔してはいけませんか」

「ええ、ええ、かまいませんよ」

千枝子が言い終わらぬうちに友木は車に引き返していき、自分の弁当の入った袋を持ってきた。

「お茶もこのとおり……」

友木は魔法瓶を持ち上げてみせ、奥さんの分もあります、湯呑みだけ持ってきませんかと言った。

ズボンも脚も汚れているからここで、と友木は尻をタオルでパタパタと叩いてから縁側に腰をおろし、千枝子は傍らの籐椅子に座った。

友木の弁当にはひじきと油揚げの煮物や酢の物らしい蓮根も見えた。玉子焼きに青菜も入っているようで、見栄えもよかった。

「愛妻弁当ですね」

「よかったら、奥さんがこっち食べませんか。私もたまにはかわったものが食べてみたいから、取替えっこしましょう」

友木は、千枝子の宅配のプラスチック容器に入った弁当を手早く自分のほうに引き寄せた。

夫の死を告げられたあと、しばらく食事が喉を通らなくなり、これでは治る傷も治らないと、医師に叱られた。病院食に続き、届けられる弁当は、毎日似たようなものだった。生きていくために食べるのだから、ほとんど餌みたいなものと諦めてはいたが、久しぶりの友木の心遣いを有難く食べた。大げさでなく、おいしい物を食べるのは幸せのひとつなのだということを思いださせてもらった。早く自分も台所に復帰したいと少し元気が出たような気がした。

「ああ、美味しかった、友木さんの奥さんはお料理が上手なのね」

「いえ、家内じゃないです。それ、うちの母親が作りました」

「あら」

悪いこと言っちゃった、友木さんはまだ独身だったのかしらと肩をすぼめて黙った。

「いや、いいんです。七十四歳の母親が作ってくれた弁当です、家内は、今、入院しています」

もう一度、あら、と呟き、千枝子は、ごめんなさい、と続けた。

「いえ、かまいません。妻は一年前に蜘蛛膜下出血で突然意識を失ったまま、回復しません。いまも病院にいます」

友木は箸を持つ手をとめると首に巻いたタオルの端で額の汗を拭った。


手術をした右脚に力を入れないように用心して立ち、ゆっくりとカーテンを引いた。昨日までの草の茂みに慣れた目に、友木に除草してもらった庭はすがすがしい。

時間をかけてゆっくりとサンダルを履き、庭におりる。去年の零れ種から咲いたビオラの花を、友木はちゃんと選り分けて残してくれた。紫と黄色の蝶のような花が点々と足元にある。屈んでみたいがまだ怖くて腰を曲げる事も膝を折ることもできない。棒立ちのままでただ呆然と眺める。

数年前、まだ長崎にいたころ、庭で採取したコスモスの種や、いくらでも増えるオキザリスの球根を持って夫と二人、近くの河川敷まで行ったことがある。千枝子が堤防の斜面にそれをばらばらと撒くのを見ていて、夫が、花咲か爺さんとは言うけど、今日のあんたは、花咲かばあさんだと、秋の陽にふさわしい穏やかな声で笑った。

つぎの年、堤防へ行くと、それが自分が撒いたものかどうか確かではないが、ひょろひょろと丈の高いコスモスが一叢、風に吹かれて咲いていた。

あのときは、いつも頭から離れない遼への憂いから少しだけ開放されたような気がした。

白い雲が動いていくのを見上げていると、この雲の先のどこかで遼が無事であることを信じられるような気がして、どこに種が落ちても花を咲かすコスモスの勁さに慰められたものだった。


福岡に夫の転勤が決まったとき、まず思ったのが遼のことだ。いつ遼が帰ってくるかもしれない。母親の自分がこの長崎からいなくなるわけにはいかない、夫に、単身赴任をしてもらいたいと言った。夫は、もう諦めろ、とひとことだけ言った。話すと辛くなるので、もうその頃の二人は遼の思い出話をすることはほとんどなくなっていた。遼のことに触れそうになると、暗黙の決まりごとのように、どちらかがさりげなく話題をかえた。

長年住みなれた長崎では、幼稚園から高校を卒業するまでの遼のことを知っている者も多く、たまたま出会えば、遼クン、どうしていますかなどと無遠慮に声をかけてくる人も少なくなかった。当然のことだろうが、踏み込まれてくるようで嫌だった。訊かれたくなかった。

知っていたらこっちが教えて欲しいわ、と理不尽を承知で叫び出したくなるのを堪え、目を伏せた。

だから長崎を去ることになり、心残りはありながら、どこかで開放されたような思いがなくもなかった。福岡に来てからは、あえて交際を限定するような気分でひっそりと暮らした。

それ以来、千枝子は心がけて互いの事情に深入りしない人間とだけ交わってきた。入院で千枝子が留守の間、草ぼうぼうになっている家の前を通り掛かった人たちは、いったい、この家に何ごとがあったかと思ったかもしれないが、言い訳をしないといけない相手がいないのは気楽だった。


雨あがりの湿った黒い庭土を見ていたら、急に花を植えてみたくなり、友木に電話をかけた。唐突な依頼だったが、今日は一日何の予定も入ってないから大丈夫とのことで、早速迎えに来てもらい、ホームセンターまで車に乗せてもらった。

苗を見る前に店内をまわり、足拭きマットと、立ったままで絨毯のゴミを取る柄付きの粘着テープを買った。

青い模様の外装紙に包まれ、高く積み上げられたトイレットペーパーの横を友木に支えられながら歩いた。家から出られず、仕方なく通販で買ったペーパーが当分使いきれないほど納戸に仕舞ってある。いくら安くても、もう要らない。

冷蔵庫の脱臭剤と香りのよい洗顔用のクリームを買った。

花の苗売り場は心が弾んだ。星形に咲くブルースターの蕾は堅く淡いピンク色をしていた。可憐なものを見ると、胸の中のどこかがまだ弾む。

花の色を美しいと思い、花弁の薄さをいとしく思うのは人間だけかしら。牛にモーツアルトを聴かせたら乳の出がよくなるというから、案外、犬や猫だって花が好きかもしれない。

ブルーディジーや燃えるように赤いサルビアの苗を、友木に籠に入れてもらった。

買い物ってこんなに楽しかったかしらと思う。レジに並ぶ友木の汗ばんだ薄いシャツの背中を見ながら、千枝子は少し離れたところで杖をついて待っていた。

不運の続く日々に、この先、生きていく気力も楽しみも失せたと思っていたのに、こうして強い陽ざしに照らされながら、どこかうっとりと友木を待っている。人間は結構しぶといものだと自嘲しながら安堵する。

「あ、奥さん、これお釣りです」

レシートと一万円からのつり銭を、友木は千枝子に差し出した。

友木の日当は月末にまとめて清算することにしていた。

千枝子の庭に戻り、買ってきた苗を手際よく植え込み、如雨露で水をかけるまで、車に乗せてもらってからすべて終わるまで二時間半、友木は骨身を惜しまずよく働いてくれた。もっと引き止めておきたかった。

「ご苦労様、お茶がいい？　それともコーヒー？」

「いえ、さっき携帯に依頼が入って、今からもう一軒まわることになりました、私はこれで」

友木はにっこり笑うとバインダーに閉じた請求書一覧に日付と開始時刻、終了時刻を書き込んだ。

　ああ、やっぱり、と千枝子は思う。俯いているその横顔が、遼に似ている。あれから十二年、遼は友木の六つ年下三十二歳になる。大人になった遼を見てみたい。劇場で遼の後ろを小走りについていった女がいたそうだが、青年だった遼はきっと充分に魅力的な男性になっていることだろう。早く元気に歩けるようになり、また遼を探しに上京したい。

「忙しいそうね、残念だわ」

「換気扇の掃除を頼まれました。すみません」

　友木は、腕の時計を気にしながら帰っていった。


　今度は友木に何を頼もうかしらと思う。

　介護のヘルパーさんが週二回、買い物と掃除をしてくれる。骨折する以前、夫と二人で暮らしていたときより掃除は行き届いている。友木に頼む仕事がだんだん見当たらなくなる。

　ヘルパーさんが来る日はなんとなく面倒で気が重いのに、友木が来ない日は寂しい。

　そうだ、夫の部屋の片付けを頼もう。

　夫も自分もとくに信仰する対象を持っていなかった。仏壇は、買ったところで遼の居所が不明なのだから、この先どうなることかわからないとまだ買っていない。音楽好きだった夫のオーディオセットの上に写真を置き、ときどきＣＤをかけて聴く。

　バッハはね、難解だと言われてるけど、ぼくにはどれもとても気持ちよく聴こえるんだ。

夫が言っていたとおりで、千枝子もバッハが好きだ。ミサ曲の通奏低音、チェンバロの音色を聴いていると、気持ちがよくなりすぐ眠くなる。ゆっくりと紡ぎ出されるコラールの旋律に、自分の悩みや哀しみが、実はそれほどの重荷でなく、いずれにしろ、そう遠くない日に、宇宙の塵に戻っていけるような安らぎを覚えながら微睡む。

気がつくと、いつのまにかCDは終わっていて、電源の小さなオレンジ色のランプだけが点っている。夫はどこへ行ったのかしらと呆けたように思い、ああ、もういないのだったと、また血の引くような寂寥感の中に落ちていく。

読書家だった夫が溜め込んだ本は本箱に納まりきれず、床の上にも積み上げられたままになっていた。

片付け終わった友木が、ダンボール箱にいれた雑誌類を車庫の脇まで運んだ。次回、町内の廃品回収日にまた来てくれることになっている。

「助かるわ、私一人ではどうしようもないわ」

「そう言っていただくと私も嬉しいです」

友木はいつものバインダーを広げ、時刻を書きつけて千枝子がサインをした。

「奥さん、あまりじっとしていると身体に毒ですよ。今夜は市民まつりの花火大会があります、丘の上まで車で行くとよく見えます。行きませんか」

サインを終えた千枝子からボールペンを受け取りながら友木が誘った。

「それも請求書がくるのよね」

冗談めかしたつもりだが、友木は、すみません……と肩をすぼめ、小声で詫びた。

「いいのよ。行きましょう」

詫びられたことで千枝子の方が狼狽えた。彼を困惑させずに付き合おうと思った。断わったらこれから来てくれなくなるような気がした。もうこれ以上、何かを失いたくなかった。すぐ支度するわと言った。


走りはじめてすぐに渋滞に巻き込まれた。長い信号待ちをしていると遠くに花火の音が聞こえた。

「これじゃあ丘の上に行くころは花火が終わってしまう、すみませんが方向をかえます」

友木は、わき道に入り、くねくねと路地を抜けると小高い崖の縁に出た。

「少し花火には遠いけど、ここからでも結構見えますから」

車一台がやっと止まれる狭い空き地に強引に駐車をすると、友木は千枝子の座っている側のウインドーを下げた。

クーラーの効いた車内にねっとりとした外気が流れこんできた。

崖の下にある民家の屋根やビル群が花火が上がるたびに、ぼんやりと光った。夜空につぎつぎに打ち上げられる花火はしゅるしゅるっと音を立てて崩れ、極彩色の輪を広げて見せた。

遠くに見える花火はひどく現実離れがしていた。美しいというよりもの哀しく、なぜだか急に胸が締め付けられるようで助けを求めるように友木を見ると、彼はハンドルに顎を乗せてなんだかつまらなそうな顔をしていた。

いつも陽気に話しかけてくれる友木が、何か物思いにふけるように、黙って腕の中に顔を伏せるように俯いていた。彼はいま花火にも千枝子にも少しも興味を示していなかった。二人きりの花火見物、もう何かを期待する年齢ではないけれど、千枝子の中にあった多少浮き立っていた気分が急速に萎んだ。

そろそろ帰りましょうか、と千枝子が言うと、そうですね、と友木は待っていたように同意した。くねくねとした坂道を用心深く下り、広い通りに出たところで友木の口から遠慮がちな短い溜息が洩れた。

「どうかしましたか」

「あ、すみません。子供のころ、母と一緒に花火を見た日のことをちょっと思いだしてました。朗らかな母親なんですが、ほんとは病弱でしてね、何年か前に、子宮も胃も摘出して、いま、お腹の中はカラッポなんですよ」

「まさか」

「おまけに、いつ爆発するかわからない腹部動脈瘤だけは持っています」

手術中に破裂すれば命に関わるもので、医者はリスクが大きいと言って手術をすすめないのだという。

べつに動脈瘤だけ大事に取ってあるわけではないんですが、と友木は笑った。

「笑い事じゃないわね」

「ええ、七十過ぎまで生きられるなんて誰も思ってなくて、だからでしょうね、うちのヨメさん、とても母を大事にしてくれてました」

「今どき感心な奥さんだったのね」

「ええ、元気だったその家内が倒れて、病弱な母がヨメを見舞うことになるなんて、全く思いもよらぬことでした」

笑っていた友木の声が急に潤んだ。

街を歩いているとき、バスに乗っているとき、買い物中、そばを行く他人はたいがい何事もない顔をしている。連れと笑いながら喋り、楽しげだったり、忙しげだったりする。千枝子は、原因もわからず息子に去られた自分が、誰よりも不幸だと思っていた。その上、夫まで交通事故に遭うなんて、至極不当な扱いを受けているような気がしていたが、友木だって、いつもは明るく振舞っている。人は幸せそうに見えても案外わからなくて、みんな何ごとかを抱えているのかもしれない。

みんなつらいんだわねえ、と千枝子は、ふっと友木に告げたくなったが黙っていた。ほんとうにつらいことは口に出すことで、さらに心に深く杭を打ち込むことになる。

家まで送ってきた友木は、暗がりの中で鍵を開け、千枝子の肩を抱くようにして玄関を入った。齢をとってからの夫にはなかった男の匂いがした。ただ人恋しくてしがみつきたい衝動にかられ、支えてくれている友木の身体にそっと体重を預けた。

　骨格の確かな腕が、千枝子を一瞬、強く抱いた。小柄な千枝子の頭の上に友木の顎があたった。どれだけそうしていただろう、痺れたような頭皮の上で、友木の顎が震えた。泣いているのかしら、と思ったが確かめられないうちに、友木はそっと身体を離した。

　何事もなかったように、電話台に置いてあるリモコンでエアコンの操作をしたあと、友木はいつものバインダーを取り出し、一時間四十五分と追加を記録した。

「すみません」

　擦れた声で聞き取れないように小さく言い、ちょっと目を伏せた。

「いいえ、好意とか奉仕とかって受ける方が結構負担だから、払えるもんなら払って解決するほうがこちらも気楽でいいのよ」

　千枝子は助け舟を出すように言った。

　事故死した夫への賠償金のことで、先週、保険会社から電話がかかった。夫本人がかけていた生命保険からも纏ったお金がもらえるようだが、千枝子はその遣い道もとりあえずは思い浮かばない。外出もままならないし、あらゆる欲望が薄くなっている。

　一人では遣いきれないほどのお金を上げたくても、遼には届かない。

「奥さんは、夜が長くてつらいと言ってましたね」

「ええ、家中の灯りをつけても闇に閉じ込められていくようで息苦しくなるの。もっと規則的に暮らさないといけないとわかっているんですけど。睡眠薬を飲んで寝ても眠りの底の方にある黒い塊が重くてつらいの」

「私の母は、私と話しているとすぐ眠くなると言いますよ、あんたの声は気持ちが良いって……。ミッドナイトコールでもしましょうか」

「まあ、本気？　ご商売上手ねえ」

まったく抜け目のない男だ。

気をつけよう、オレオレ詐欺と訪問販売。

先週、町内会からまわってきた回覧板の文字が頭の隅をかすめた。

前頭前野では用心しないといけないと理解しているのだろうが、制御不能のように口元が僅かにゆるみ頷いてしまった。


秋は少しずつでなく、急にやってきた。少しずつ近づいていたのかもしれないが、ある夜、急に足の指先が冷えて身体が震えた。

時計を見ると、いつものナイトコールの時刻をとっくに過ぎている。

夜が更けてきたのは外の気配でもわかる。雨戸を閉め切っていても道路に軋むタイヤの音や寝静まった家々の静寂が伝わる。

友木さんたら、ミッドナイトコールの遅刻だわ、と思い、熱いお茶が飲みたくて薬缶に水を少しだけ入れてガスを点火した。

箪笥の一番上の引き出しから厚手のソックスを取り出したとき、コンロの上の薬缶がピーピーと沸騰を知らせた。濃いお茶は眠れなくなるので、ほんのひと抓みの茶葉で淹れた熱い番茶の湯飲みを両手に持ち、もう一度時計を見る。

約束のコールタイムから一時間半も経つのに電話はチリとも鳴らない。事はいつだって、ある日突然、前ぶれもなくやってきて、慣れ親しんだ日常を揺さぶる。前もってこつこつと後ろから近づき、優しく肩を叩いて知らせてくれたりはしない。

遼のことだって、後で考えれば、じわじわと前ぶれはあったのかもしれないが、そのときは気がつかなかった。あのころまだ携帯電話など今ほどでなくて、浪人中だった東京の遼の部屋には固定電話もなかった。

緊急時はアパートの大家に連絡することは出来たが、遠慮していた。若い男の子が一人暮らしをはじめたのだ、親離れは当然の時期なのだろうと考えた。

それ以前から少しずつ連絡が途切れがちになっていたが、それまで親に心配をかけたことのない息子だったから、甘く考えていた。

向こう側ではじわじわと進行していた変化でも、ある日を境に居るべきはずのところにいないと気づいたのは突然だった。上京してみると、アパートは引き払われていた。予備校には随分前から通っていなかった。

警察に捜索願を出したが、受理され登録されただけで積極的に探してくれるというようなことはなかった。

渋谷の雑踏の中で見たという友人の情報もあり、その数年後には京王線の車内で吊り革を握っているのを、人の頭越しに見たという話も聞いた。

死んだのではなく、生きて普通に暮らしているのだとしたら、親が心配するくらいのことは遼にだってわかっているはずだ。それでも連絡してこないのは、親は見捨てられたということになるのだろうか。

殺人事件で一番多いのが親族どうしで、子供が一番殺したい相手は親だと何かで読んだ。

そうか、親を乗り越えないと生きていけない遼は優しすぎて、親に反抗も出来ずに逃げて行ったのかもしれない、あの子の気の弱さはどこかで自分の育て方が悪かったのかしら、などと自分の子育てを悔やんだ。

遼を妊娠中、お腹の中の子はてっきり女の子と思いこんでいた。今のように生まれる前から性別を告げられることはなかった。リカちゃん人形が流行っていた。女の子だったら、リカちゃんて名前をつけたかったの、と幼い遼に言ったことがある。

「ぼく、女の子の方が良かったの？」

問い返した遼の目の、わずかな翳りを思いだしたのは、おかしなことにこの頃になってからだ。覚えているはずのない三十年も昔の幼い子供の目の色に千枝子は怯える。

遼クンはおとなしく聞き分けが良い子だと自分に都合よく解釈していた。今になって後悔する。迂闊な話である。

子供のころから口数の少ない子ではあった。長崎で、すべりどめに受けた私大に合格したが、東京に出たいと、珍しく言い張られたとき、この子を手元から放して育てるのも親の努めと決断した。あの判断は間違っていたのだろうか。

友木からのナイトコールは十二時を過ぎてもまだ鳴らない。


三日経っても友木からの連絡はなかった。四日目の午後は、前から夫の古いＬＰレコードの処分を頼んであった日だ。一時の約束が三時になっても来ないので、こちらから電話をしたが、友木の携帯は伝言メモになっていた。

長崎からこちらへ移転するとき、要らないものは随分捨ててきた。ゴミの処分代だけで十万円近くもかかった。

骨折入院、夫の死に見舞われたいま、まだまだ不要な品々に囲まれて暮らしていたことに気づく。

長崎からの引越しのとき、あれだけ捨てたのに、人間が生きていると雑多なものが降り積もるように身の回りを埋めていく。身体が不自由になり、行動が狭められた今はなおのこと何にも要らないと思う。

生きている間に少しずつ片づけておかないと、いずれ帰ってくるかもしれない遼に迷惑がかかる……、千枝子の気持ちは、帰ってくる……から、いずれ帰ってくるかもしれない、にいつの間にか変わっている。

以前、家出人の相談窓口で、連絡が途絶えて十年を過ぎると、亡くなっている確率も低くはありません、と言われた。子供の遼が自分より先にこの世からいなくなることなど、どんなに連絡が断たれていても考えたくない。

十日ほど過ぎた午後、あれきり電話のなかった友木がいきなりチャイムを鳴らして玄関に立った。

「まあ、何度も電話したのに心配するじゃあないですか」

整える暇もなかった髪に手をやりながら咎める口調になった。

「すみません」

しばらく顔を合わせなかった友木は、痩せて一回り小さく萎んで見えた。

「どうかしたんですか」

答えずに友木は、失礼します、と靴を脱ぎ、勝手のわかっている夫の部屋へ向かおうとして、そこにいる千枝子の傍らを目をそらせてすり抜けようとした。デニムのシャツの背中が、遼が居なくなる少し前から見せた仕種によく似ていた。

こちらの衣服にさえ触れたくないというその仕種は、心に触れられたくないことを抱えていたのだとは遼がいなくなった後で思ったことだった。

長崎の遼の部屋には、まだ彼のデニムのシャツを吊るしたままだ。ことさらに肩を張るのが癖だった遼のシャツは無人の家で今も肩を怒らせていることだろう。

遼くん、とクンをつけて呼ばれるのも、今夜、遅いの？　と訊かれるのもいやだったのかもしれない。

シュールな芝居が好きで、何かの宗教に熱心だという折れそうに痩せた女の子と連れ立っていたという遼は、いまも千枝子に何かを訊ねられるのを恐れているのだろうか。

朝、送りだすとき、気をつけて……、と言ったら、何を気をつけるの？　と珍しく苛だったように振り向いた日があった。

忘れることはなくても、いないことに馴れて、遼がだんだん遠くへ行ってしまう。思いだすと苦しくて、逃れたいくせに、馴れて自分の胸のうちからさえ離れていくことは耐え難い。

自分の骨折と夫の死、思いがけないこと、自分の身にだけは起こりえないと根拠なく信じていたことがごく当たり前のようにやってきた。先という日はそれほど与えられていないのだとつくづく思い知らされた。

子を産んで、子に去られ、なんだかよくわからないうちに自分もいずれこの世からいなくなる。それでも空や海だけでなく、街だって道だって世の中はそれほど変わりなく、いつものままだろう。夫の死も遼の行方知れずも、千枝子の心にあるだけで、すでにこの世のどこかに吸収されたように何事もないように日が過ぎていく。

夫の部屋に入った友木が、千枝子から視線をそらすようにして、古いレコードの仕分け作業に入った。ぜんたいにうっすらと黴が浮いている。

「なんで十日も連絡をしなかったんですか」

この言い方はいけない、不平らしく押しつけがましい、自分に友木を責める資格などあるわけがない、わかっているのに、止められない。

遠い場面に似たような事があったような気がする。どこか霞みはじめていてもどかしい。

遼は何から逃げたかったのだろうか。どこへ行ったのだろう。

今さらわかったところで、遼が戻ってくるとは限らないのに、また思う。

収集家が探しているというリストの一覧を片手に友木はレコード盤を整理している。マニアがいてお宝になる盤もたまにはあるのだという。

千枝子はいつも夫が座っていたロッキングチェアーに座り、そこから見える庭に目をやる。丈をのばした紫色の野ボタンの花弁が見えた。その後ろに伸びたススキの穂が陽炎のように白くゆらりと動いた。

油断も隙もないわ、ついこの間、友木さんに草を抜いてもらったばかりなのに、いつのまにあんなススキが茂ったのかしら、もうとても太刀打ちできないわ、降参だわね、と千枝子は呟き、いったい何に降参なのか自分でもわからない。

友木が今日は無言なので、傍にいる友木にまで見捨てられたようで、生きていることと死ぬことの地続きのところで降参して揺れているしかないような気分だ。誰もいなくなり、草に囲まれたこの家で草の勢いに飲まれていくような息苦しさに潰されそうだ。

捨てるために括り終えたレコード盤を前に、友木が、あの、と言った。

「はい」

「長く連絡もしないで、ほんと、すみませんでした」

あらためてというように友木が床に正座した。膝の上の拳が小刻みに震えている。

「いったい、何があったんですか」

「実は……。家内が亡くなりまして」

「あら」

「いえ、ずっと悪かったですから……。覚悟はしてました。今日か明日かと毎日そんな状態でした。人間は毎日どこかで誰かが死んでいて、珍しいことでもなんでもないと分かっていたことなのに、自分のところに順番がきて、はじめて、人はほんとに死ぬんだなあって……」

「まあ」

千枝子は何も言えない。

しばらく二人は黙ったまま、うな垂れて座っていた。

気を取り直すように友木が膝を崩し、胡坐に代えて、気弱く笑った。

「なるべく傍にいてやりたくて、会社辞めましたけど、オムツ代だけで、月に四万円、病院で指定された業者からしか買わせてもらえなくて。何もかもが割高でしたが、長い病人でしたから、出ていけと言われたくなくていいなりでした。つい、奥さんに甘えました。さぞ、がめつい奴だと思われたことでしょう」

ズボンのポケットから皺だらけのハンカチを出して、額を拭った。

これ……、と目の縁を赤くした友木が夫の机の横の古いラジカセを持ち上げた。まだ充分使えます、明日からいつもコールしていた夜の十時、ラジオが鳴るようにセットしておきます。うちの母がよくこの番組を聞きながら寝ています。ここを押す、ここを止める……だけです。もうこれ有料でないですから。またわからないときは電話してください。すみません。

友木はまたすみませんと繰り返し、銀色の小型カセットを千枝子の前にさしだした。

ラジオくらい、自分で操作できるわよ、有料でも、あなたの声が聞きたかったのよ、と拗ねたように思いながら、友木の丸っこい指先を見ていた。

「母が……」

丸っこい指は、カバンのジッパーに手をかけたが、いつもの請求書の記録は出さず、そこに提げたオランダ人形のキイホルダーを弄んでいた。

「妻が亡くなったことを私が嘆くと、代われるもんなら代わってやりたかったと泣くので、私は嘆くことも出来ないんです。代わってやりたかったと言われると腹が立ちます。代われっこないんですから。だけど、正直、やっぱり順番に逝ってもらいたかったと思います」

樹脂製の小さな人形は友木の親指と人差し指に挟まれてくにゅくにゅと揉まれている。

「私も寂しくなりました。また時々、伺います。奥さんが元気になったら、坊ちゃんを探しにお伴しますよ」

それから、ふいと立ち、奥さん、だいぶ涼しくなりましたよ、閉め切っていないで、そろそろエアコンを切って窓を開けませんかと、庭を向いた広縁のガラス戸を引いた。

微かな風に草と土の混じった匂いがした。

解説

勝又　浩

この「現代作家代表作選集」も第5集となって、それなりに存在感を持ってきたようだ。このまま一〇冊一五冊と重ねて行けば、間違いなく一つの時代を表象する存在となるだろう。

愛川　弘（あいかわ・ひろし）、**「孤独」**　初出は「飢餓祭」第31号（二〇〇八年九月）。

作者は「飢餓祭」の常連執筆者の一人だが、本年は八四歳になると初めて知っていろいろ考えるところがあった。それは単に年齢の問題だけではない。いや、年齢、あるいは世代とも大いに関わるかもしれないが、小説や文学そのものに対しての根本の姿勢のようなもののことだ。「孤独」は、一口に言ってなかなかいい人間風景を描いているが、そこがこの一編の大きな値打ちだろう。短兵急に言ってしまえば、ここには、昭和三〇年代までの、いわゆる戦後文学の雰囲気が不思議なほど生きているのだ。

小説はまず、利用客の少ない駅では嘱託職員、それも元は鉄道員でもなかった市役所の定年退職者を当てているとあって驚いた。現代の雇用状況、歪んだ、非人間的な合理化の波はここまで来ているのかと言う驚きである。「一箇月の研修を受けた」とあったが、かなり高度な専門職であろう鉄道員がその程度の「研修」で済むとはとうてい思えないのだ。しかし、作者の関心はそうした方面にはないらしく、話はもっぱら主人公の意識の方に向かっている。駅舎の通りを挟んだ向かい側が鶏の解体作業などが見える鶏肉卸商だというのがブラックユーモアめいて面白いが、そんな作業を主人公は終日、厭きもせず眺めている。これと、駅のすぐ裏に住むという老婆、これらの人物と情景が織り成す構図が、この短編に椎名麟三や梅崎春生の世界に通ずる雰囲気を作り上げている。小説としては観念的に過ぎるタイトルなどと併せて、そのあたりが、初めに言った文学に対する根本姿勢のゆえんであるだろう。小説全体では、たとえば老婆の登場のさせ方とか、主人公の勤務の具体面――勤務時間を分けた交替する職員もあろうから――そうした細部をもう少し注意深く固めて行けば、より密度の濃い、完成された一編になっただろうと思われた。

笠置秀昭（かさぎ・ひであき）、「**古庄帯刀覚書**」初出は「九州文学」第18号（二〇一二年七月）

同人雑誌に載る作品としては少数派に属する時代小説である。時代小説の作者は概して読みやすい、いい文章の書き手が多いが、この作者もその一人だと言えよう。ただ、ここでは、たとえば「雪を欺くばかりの……白い肌」というような、多分に型にはまった表現に負ぶさっているところが要注意である。近代のリアリズムの洗礼を受けてしまった現代文学は、時代小説と言えどもその影響を免れないから、よほど注意してかからなければ、〝雪をも欺く〟ではパロディー表現になりかねない。時代小説ではないが、今たまたま開いている村田喜代子『ゆうじょこう』には、「蚕のように白い皮膚」

ということばがあった。作家たちは皆、こんなふうに紋切型の表現を避けて、新しい自分流の表現を求めて苦労しているわけである。笠置小説は郷土の歴史を踏まえて、そこに小さなエピソードを挿入するという、時代小説としてオーソドックスな形をとっている。作者のそれなりの勉強ぶりが窺えるが、歴史の他に時代のもった倫理観や風俗の細部などもさらに調べてゆく必要があろう。

金山嘉城（かなやま・かじょう）、「**羚羊**」初出は「青磁」第30号（二〇一二年二月）

舞台である土地は何所なのか、具体的な地名は書かれていないが、自動車でちょっと行ったところに豊かな自然を残した山野がある、そんなところに住む開業医が主人公である。夫婦で、時に一人でその山を散策観察するのが彼らの趣味生活であるらしいが、小説はそんな日々の一コマを映している。雪のなかに残った兎の足跡が「並んだ楽譜のように、楽しそうに続いている」といった、活字で見ていても楽しくなるような表現、景色がある。話としては向かいの山の古木の根方に蹲っているように見えた羚羊が、後に、そこを死に場所として選んでいたのだと分かる、そんな経緯がある。主人公は町の開業医だが、そこに予想されるような、医療や患者や社会について、というような俗な話は一切ない。スノーシューを付けて雪道を探索するのと、近くのホテルで家族で食事をするなどがごく日常的な事であるような、いたって羨ましい生活ぶりを描いている。これは独立した短編だが、連作を重ねて一つの家族誌が見えるようになれば、この一編も別の顔立ちを見せるようになるに違いない。

暮安 翠（くれやす・みどり）、「**南天と蝶**」初出は「九州文学」第8号（二〇一〇年一月）

「九州文学」創刊（昭和14年）当時の同人で何度か芥川賞の候補（当時は「参考候補」というものがあったと

書かれている）にまでなった勝野ふじ子の伝記である。ちなみに記せば、「九州文学」は曲折あって現在第七期である。

勝野ふじ子は複雑な生い立ち、家庭事情にあった女性のようだが、そうした背景を自作小説にもよく描いたらしい。そのあたりを丁寧に調べ、また特に同人仲間であったが早逝した田中稲城との恋愛の経緯を熱っぽく描いている。二人はともに、当時は死に至る病であった結核を病んでいて、昭和一八、九年に相次いで亡くなっている。結核と悲恋という、昭和前半までの悲劇の典型を生きて見せたような人物たちだが、そこに文学が加わっているところが一つ花を添えている。彼女の小説は、当時の芥川賞選考員であった宇野浩二に九州文学臭さがないと評価されたという。その真意は推測するしかないが、一考に値することだと思われた。

紺野夏子（こんの・なつこ）、「**死なない蛸**」初出は「南風」第30号（二〇一一年一〇月）

現代という時代を捉えて秀逸な一編である。先ずその人物たち。今五七歳だという主人公は、親譲りの広い土地と古い家に住んでいて、開発されてゆく周囲をしり目に悠然と構えている。しかし、だからと言って、とくに古いものを守るという考えがあるのでもなく、父親が丹精して作った庭なども雑草のはびこるのに任せている。そんな生活態度は彼の生き方全般にも通じていて、高校を出た後、印刷会社に勤めていたが、結婚もせず、親の介護を機に退職してしまい、今は気ままな一人暮らしを楽しんでいる。

家はこの土地の古い大地主の一族だが、親の代から親戚付き合いには疎くなっている。こんな主人公の家に、向かいの家の幼馴染、順一と、不動産会社の若い営業マンが、まるで憩いの場であるかのようにやってくる。順一は主人公より二歳の年下だが、頭がよくて国立大学へ入ったまでは良かったが、その後ウツ病にかかって勤めもできず、一人暮らしである。営業マンはおばあさん育ちで、主人公の古い家にくると気持ちが休まるのだといって、商売を離れて立ち寄り、一緒に昼食をとったり、休日に来て草刈りをしたりしている。むろん彼の真の狙いは老齢化してゆく地主たちが土地を手放すのを待っているのだろうが、付き合いがどこまで商売でどこからが本音なのか分からない。そんなところもよく計算されている。結末はウツの波に落ちて動けなくなっている順一を主人公が発見して病院に入れることになっているが、主人公も含めて、水槽のなかに置かれたまま忘れられてしまった蛸、それが主人公の自己認識であるとともに、作者の時代認識でもあるだろう。経済だけではない、思想のバブル現象も弾け散った戦後の、時代の底辺にある生活なのである。

山崎文男（やまざき・ふみお）、「**月見草**」初出は「顔」第70号（二〇一二年一一月）

絵画教室を受講している定年組の男性。ある日、教室ではただ一人の若い女性受講者から月見草の鉢を一週間預かってくれと唐突に頼まれる。その晩から花が咲くはずだが、水をやってくれるだけでよい、と。そんなふうに始まって、話は三つの方向に展開する。

一つは月見草の開花をめぐる、いわば観察記。ひと頃、やはり夜になって花を開く月下美人が流行ったが、あの強烈な匂いはないようだが、月見草の開花も一種「神秘的な瞬間」があり、その後も初めて見る人を「唸」ならせるような変容があるらしい。そんなことを私は初めて知ってさまざまな連想にも誘われた。そのなかに、あの「富士には月見草がよく似合う」と気障なことを言った太宰治のこともあった。彼は月見草のこんな妖しさを知っていただろうか、と。この小説「月見草」が太宰治の名などおくびにも出していないのは一つの見識であろう。

小説の展開の二つめは、とくに親しかったわけでもないその女性が何故、自分に月見草の鉢を預けたのかという疑問をめぐる主人公の思い、たゆたいである。彼はこれまでの彼女との接点の全てを想いだし、その一つ一つに謎を解く鍵はないかと点検している。このあたりは、私が秘かに呟き文体と名付けている、山崎文男の特異な文章がその効を発揮して、田山花袋の『蒲団』を思わせるような、中年男の恋情をよく描き出している。当然、女性の仕掛けた謎は解けないままだが、「鉢を返すことはできない。手折ることもできない。蕾を摘みとることもできない」と、ここはちょっと青年「三四郎」(漱石)みたいだが、現実には、目覚めさせられた中年男の生臭い欲望がどう展開するか、面白いところである。

話の三つ目は、そうした後ろめたさを抱えた男の、家での妻とのやり取りである。が、こちらは波乱というほどのことも無く納まっていて、それは案外作者自身の生活を反映しているのかもしれない。このあたりは、月見草に対するに烏瓜の花くらいの怪しさが現れてもよかったかもしれない。いずれにせよ、一見可憐そうに見える月見草も、その裏には測り知れない生命の神秘を隠していると、月見草への詩的な発見と、人間の生と性とを重ねて、魅力的な構図を作り上げている。

和田信子(わだ・のぶこ)、「**ミッドナイト・コール**」初出は「南風」第26号(二〇〇九年一〇月)

この小説を雑誌で初めて読んだとき、私は次のような感想を書いた。

「これは要するに介護系便利屋さんの話。頼めば買い物はもとより庭の草取り、散歩の付添いからドライブ、深夜の電話の相手までしてくれる。そしてすべての実費の他は時間給、電話は一分間百円で、月末にまとめて請求が来るという仕組み。私の周辺にもヘルパーに頼る人がいて、その規則づくめで誠に不自由な実情をときどき聞くが、その人に教えたらきっと喜ぶに違いない。小説の語り手は骨折で入院中に夫が出先で交通事故に遭って死んでしまう。そんなときこの便利屋の話を聞いて遺骨を引き取りに行ってもらったのが始まりである。この男は、入院生活の続く妻を介護すべく会社を辞めてこんな仕事を始めたのだという。何かのモデルがあってというよりも、おそらく現実の観察から半歩進めた作者の想像であるだろう。話がいくらか好い事ずくめで、あまり影もなく終わっている」（「季刊文科」47号）

「話がいくらか好い事ずくめ」だというのはことばが足りないが、便利屋青年のこと、また、彼と主人公の関係のことである。この青年は、彼の家庭での話も、主人公への接し方でも、何の癖も欠点もない人物のままだが、そこが少々物足りなく見えたという意味である。小説のテーマは新しいスタイルの便利屋という、今の社会のニーズ、その夢を描いたものだから、それでよいわけだが、そうしたテーマとしての社会問題を取り外せば、青年にも人間的な臭みや弱点が見えた方が作品の厚みが出たであろう。

（文芸評論家）

現代作家代表作選集　第5集
発行日　二〇一三年一〇月二〇日
解　説　勝又　浩
発行者　加曽利達孝
発行所　鼎　書　房
〒132-0031　東京都江戸川区松島二-一七-二
TEL・FAX　〇三-三六五四-一〇六四
印刷所　太平印刷社
製本所　エイワ

ISBN978-4-907282-07-3　C0093

現代作家代表作選集

（四六判　本体一、六〇〇円＋税）

第1集

こけし――菊田英生
とおい星――後藤敏春
小糠雨――小山榮雅
ティアラ――斎藤冬海
紅鶴記――佐藤駿司
みずかがみ――三野恵
ぬくすけ――杉本増生
鯒（こち）――西尾雅裕
解説――志村有弘

978-4-907846-93-0 C0093

第2集

贋夢譚　彫る男――稲葉祥子
アラベスク――西南の彼方で　おおくぼ系
一番きれいなピンク――紀田祥
夏・冬――西尾雅裕
東京双六――吉村滋
解説――志村有弘

978-4-907846-96-1 C0093

第3集

二十歳の石段――木下径子
炬燵のバラード――桜井克明
文久兵賦令農民報国記事――中田雅敏
イエスの島で――波佐間義之
解説――志村有弘

978-4-907846-98-5 C0093

第4集

傷痕――斎藤史子
じいちゃんの夢――重光寛子
瑞穂の奇祭――地場輝彦
てりむくりの生涯――登芳久
雪舞――藤野碧
落下傘花火――渡辺光昭
解説――勝又浩

978-4-907282-04-2 C0093